一米阳光

2020 南通戏剧小品集

南通市文化艺术创作研究中心　编

吉 林 人 民 出 版 社

图书在版编目(CIP)数据

一米阳光:2020南通戏剧小品集 / 南通市文化艺术
创作研究中心编. —— 长春:吉林人民出版社,2021.9(2024.1重印)
ISBN 978-7-206-18469-7

Ⅰ. ①一⋯ Ⅱ. ①南⋯ Ⅲ. ①小品(戏剧) - 剧本 - 作
品集 - 中国 - 当代 Ⅳ. ①I238.8

中国版本图书馆CIP数据核字(2021)第182094号

责任编辑:王　静
封面设计:子　羽

一米阳光:2020南通戏剧小品集
YI MI YANGGUANG 2020 NANTONG XIJU XIAOPIN JI

编　　者:南通市文化艺术创作研究中心
出版发行:吉林人民出版社(长春市人民大街7548号　邮政编码:130022)
印　　刷:北京一鑫印务有限责任公司
开　　本:710mm×1000mm　　1/16
印　　张:13　　　　　　字　　数:250千字
标准书号:ISBN 978-7-206-18469-7
版　　次:2021年9月第1版　　印　　次:2024年1月第2次印刷
定　　价:42.00元

如发现印装质量问题,影响阅读,请与出版社联系调换。

目　　录

1

小 品

请你相信我

王 祥

人 物：李波：男，20多岁，下肢残疾，简称李
王兰兰：女，20多岁，上肢残疾，简称兰
张总：李波所在的锦霞服饰公司总经理，简称张
王母：王兰兰的妈妈，简称妈

[锦霞服饰公司办公室，一张办公桌，桌上放着笔记本电脑，几张椅子。公司总经理边上边向里面喊。

张　（大声）李波，你快点，磨蹭什么呢？
　　[李波边跑，边看着自己浑身上下。
李　（犹豫地）张总，我……我行吗？
张　怎么不行啊，瞧你那点儿出息，你平时那劲儿都去哪儿啦？
李　张总，我跟兰兰虽然好那么长时间了，可我一直没见过她妈妈。兰兰说，她妈妈根本就不同意。
张　嗨！丑媳妇总归要见公婆的，你这丑女婿早晚要过丈母娘这一关，先把衣服换上！
李　（惊讶）衣服？！张总，这衣服……
张　很眼熟吧！这就是你上个星期刚设计出来的，今天刚下生产线的第一件衣服，穿上！（边说边帮助李波穿衣服）
李　（穿衣）这行吗？
张　我说行就行，今天我是总导演，到时候你机灵点儿，见机行事。快给兰兰打个电话，看到哪儿了？（在办公桌前坐下）。
李　（掏出手机打电话）兰兰，你到哪儿了？
兰　来了，来了，到门口了。（关掉手机，朝外喊）妈，你快点儿！
妈　快点，快点，你什么时候听过我的话呀！人家王阿姨介绍那小伙子多好

啊，又帅又有钱，你死活不见面，天天念叨着李波、李波，你说你找那样的将来怎么过呀？

[这时李波在办公桌前坐下，装着专心自己的事。

兰　　妈，能不提这些吗？人家好不容易过了面试，今天公司领导非要跟家长见个面，您就配合一下呗！

妈　　好！好！好！工作要紧，就这儿啊？

兰　　对，（对张总鞠一下躬）张总，您好！

张　　兰兰来了。

兰　　我妈也来了！

妈　　（边看张总，边十分热情）张总，真是年轻有为啊！这么年轻就当上总经理，（在办公室环顾，东张西望）您看这公司多气派啊！我女儿要是能在这儿工作，是我们家几辈子修来的福气啊！张总，兰兰那事……？

张　　（边说边坐下）嫂子，兰兰很优秀，人长得漂亮，学历也高，也很有才气，可昨天我们董事会研究了一下，觉得孩子这手……

妈　　（忙解释）她的手绝对没问题，从小到大，我就没操过心，她什么活都能干，绝对不会给你们添麻烦的。张总，您再考虑考虑！

张　　（遗憾）嫂子，我也觉得兰兰很不错，可公司不是我一个人说了算，他们有的人认为这残疾……

妈　　（被激怒）残疾怎么了，你倒是两只手都有，你画个图我看看，你拿个文凭我看看，我还不信了，除了你这儿，我女儿就找不到个工作，兰兰，咱们走！

兰　　（着急）妈……

张　　（忙把兰妈让到椅子上坐下）嫂子，您别急！坐下来消消气，这事儿还是有余地的。回头我再去说说，来，您先看看我们公司新出的设计图册。（从办公桌上拿出几本画册递给兰妈）

妈　　（惊讶地发现）哎哟，这些衣服好漂亮啊！兰兰你看，太好看了，这是谁设计的呀？太有才了！

张　　（指着李波）都是他设计的，这位是我们公司的首席设计师。

妈　　是吗？哎哟，真是有眼不识金镶玉，你看我都没注意。这小伙子人又文雅，又有才气，太难得了。

[忙跑到李波旁边左看右看。

[李波不好意思地冲着兰妈笑笑，又低下头变得有些紧张。

张　　嫂子，他跟兰兰是校友，比兰兰高一届。

妈　　是吗？你这个死丫头，放着这么好的小伙子不谈，偏偏找个什么李波，你真是气死我了！

兰　　妈，你真的觉得他好啊？

妈　　当然好了！

兰　　（羞涩）那……您去跟张总说说看。

妈　　（一下高兴起来）哎哟，你总算想通了。张总啊，这孩子有对象了吗？

张　　有了！

妈　　啊?!（有些失望）

张　　不过，女孩她妈妈死活不同意。（饶有意味地看着兰妈）

妈　　这什么妈妈呀？瞎了眼啰，这要是给我做女婿，我要高兴死了！

张　　真的？

妈　　真的！

张　　李波，喊丈母娘！

妈　　李波……（愣住，一下子明白过来，火了）你们，你们这是把我当猴儿耍呀！你们合计起来给我设了个圈套啊！走，回家！

张　　嫂子，你这是为什么？

妈　　为什么？对，我女儿也是个残疾，可正因为这个样子，我才希望她过正常人的生活，希望有个健全的男人疼她、爱她、守护她一辈子，错了吗？（指着李波）你看看他这个样子，能给兰兰什么？能给她幸福吗？也能承担得起一个家庭的责任吗？

李　　（怯生生地走到兰妈跟前）阿姨，我知道我这个样子让您很失望，其实我跟兰兰一样，虽然身体残疾，但我们的内心无比强大。为了和正常人一样生活，我们付出了加倍的努力，现在有残联和张总这样的爱心人士给我们无微不至的关怀帮助，我们有什么理由不好好地活下去！我不仅要承担起家庭的责任，我还要承担应尽的社会责任！阿姨，我虽然不能给兰兰最好的生活，可我一定会让她成为最幸福的女人，请您相信我！

张　　（拿出报纸递到兰妈跟前，用手指着报纸）嫂子，你再看看这份报纸，李波刚刚获得全省服装行业设计大赛金奖。

妈　　（看着聘书，看看李波，有些不自然，有些歉意）……不简单……还真是不简单！

张　　嫂子，这可是你我这样手脚健全的人做不到的啊！

兰　　妈，自从那次事故以后，女儿让您操碎了心，可是我已经长大了，再也不是那只折了翅膀的小鸟，我可以自己飞了，妈，以后，让我和李波一起孝敬您，我们一家一定会很幸福的。

妈　　（释然地）只要你幸福，妈妈就放心了！

张　　嫂子，你看这是什么？（从办公桌拿出聘书）

妈　　（打开）聘书！

张　　是啊，昨天我们董事会就研究决定，聘请王兰兰同志为我们公司的设计师。

妈　　（挥着聘书）太好了！

张　　（忙从兰妈手中抢过聘书）别忙！

妈　　（一下地愣住）怎么了？

张　　哎，嫂子，什么时候给孩子们办喜事，可别忘了请我喝喜酒啊！

妈　　张总，你放心，一定请你当证婚人（一手拉着李波，一手拉着兰兰，对着张总），也请你们相信我！

　　　〔剧终。

小　品

回头一望

王　祥

当你回头一望自己走过的那段路，一双双脚印，就是记载。

——题　记

人　物：王镇长——某镇负责工业的副镇长

　　　　女人——王镇长爱人

　　　　齐铭——镇小学校长、镇人大代表

　　　　农妇——曾受到王镇长帮助的农村妇女

　　　　老汉——某村一个七十多岁农民

　　　　（女人、农妇可由一人扮）

[冬天黎明前时分，某乡下小镇公共汽车站，由四根柱子支撑着一面棚顶，下面有一排座椅，棚顶有盏发着灰黄灯光的白炽灯。

[在隐约公鸡啼叫声、寒风呼啸中，裹得严实的王镇长和爱人拎着背包东张西望地上。

女　人　（放下东西，脱下手套）哎，到了……

王镇长　好了，就送到这儿……

女　人　在镇政府门前就可以等车，非要到这里……

王镇长　（叹气）不是跟你讲了吗，要是在那儿，人多话杂……

女　人　看你这小官当得这么窝囊……

王镇长　唉，说什么呢，我想不到……也想不明白……一票之差……事实就是事实，从今天开始就离开这个地方……只是苦了你跟着我受这份罪……

女　人　说什么，不就是副镇长被选掉嘛，也只是少一票……好了，选不上也少了不少的烦心事儿，多抽点儿时间回家，这下子有时间照顾家里老人们了……

王镇长　（长叹）我有些心不甘，只觉得对不住四位老人、你和孩子……

女　人　（抹泪）我们没有什么……只觉得更多地亏了你自己，你当副镇长五年，平常很少回家，没年没节地干，看你这几年白发添了不少，当初离机关下乡时说你是帅小伙有些夸张，现在是二号老头倒是事实……

王镇长　（低声）你能不能不说这些？

女　人　（尽力控制）不说？我就是要说，早知这样，你还不如你的两位前任，当个贪官捞一把，你拼命干，被选掉了，到头来还和他们一样赶大早偷偷地离开……你说你啊……

王镇长　（小心翼翼）夫人……啥都认了，今天我去新单位报到一下，晚上一定回家，到时随你的便……你也赶紧走，迟了遇上熟人，面子上难看……

女　人　都这样了，你就想开点儿，下午下班早点儿回家吧。（下）
　　　　　［王镇长在等车，不停地走来走去看车棚，看灯，远看、近看，又看看手表。

王镇长　（自言自语）这汽车怎么还没有到……（无可奈何地坐下来）
　　　　　［老汉上，不时把手放到嘴边哈气，搓手，看看王，又四边看了看。

老　汉　（从头到脚地上下打量着王，看看王的行李，又看看王）早，请问这位师傅，你也是等车的？

王镇长　（有些不情愿地）早，早，是的，（看了看老汉）你也是等车的？

老　汉　等车，到界沟乡的车还没走吧？

王镇长　（吃了一惊）界沟？……头班车5点钟，还早呢！

老　汉　你是到界沟的吧，不然不会这么早。

王镇长　（有些紧张地看着老汉）是……你也是到界沟吧？

老　汉　我……等人！

王镇长　哦？等人……

老　汉　我看你面熟……

王镇长　（紧张）你认识我？……

老　汉　你是王镇长……

王镇长　你认识我？我可不认识你。

老　汉　我等的就是你！

王镇长　等我？

老　汉　人家告诉我，今天早上你一定会在这儿乘车去界沟。

王镇长　你……你想怎么样？

老　汉　我一个穷老百姓能把你怎样，听说你高升到界沟乡，来欢送你。（说着逼近王）

王镇长　你……你，我可不记得你！

6

老　汉	哈哈，你当然不认识我，更不记得我，如今当官的有几个记得百姓名字？我们垄西镇的人可记得在这儿当官的……
王镇长	（愣住）老人家，我们的工作中确实有失误的。
老　汉	失误？我知道人非圣贤，谁能没个错。征地那会儿，水稻都已灌浆了，再过个把月就熟了，可以收割了。我们求着等个把月，你说工厂要立即进驻开工建房，几十亩的水稻全都毁了……
王镇长	不是足额补偿了吗？就是稻子收上来卖，也就那个市场价。
老　汉	呸！几十亩，每亩都能收上千斤的稻子，你算算，收多少粮啊！你不知道挨饿是啥滋味，哪个农民不心疼自己早伺候、晚伺候的庄稼，快到手的庄稼糟蹋了，那可是他们的心啊！
王镇长	这……
老　汉	这啥……我心里难受（激动地上前揪住王的前胸）我真想揍你一顿……
	［这时农妇急匆匆地上，拉住老汉。
老　汉	（甩开农妇，气呼呼地）这次选不上，该，老天有眼，就算你不贪，你这作派，与张镇长、李镇长没啥两样，你这次落选，该！该！该！
农　妇	不该！
老　汉	该！
农　妇	不该，王镇长是个好人！（说着朝王跪下）王镇长，你是好人，你对咱家帮助，一辈子咱也不忘记。
王镇长	（忙上前搀住农妇）这不是小桥村秋嫂吗？你这是做什么？
农　妇	什么人大代表？让好人落选……
王镇长	秋嫂，快别这么说，那是人大代表的权利，说明我工作没做好。
农　妇	王镇长，你是好人……好人啦！
老　汉	好人？哼……
农　妇	不是王镇长，咱家就完了，大爷……我不知你和王镇长之间有什么过节，我儿子上大二时得了白血病，血型特别，一时难以配对，正好王镇长的儿子也是这种血型，王镇长知道后，动员在英国留学的儿子回国为我儿子捐了骨髓，救了我儿子一命，又把我残疾的丈夫安排到工业园区厂工作……大爷有什么你就骂我吧，打也行，不要为难王镇长！
老　汉	你，别扯……不过，你说的是真的？
农　妇	大爷，我跟你刚认识，王镇长原来也不认识……犯不着说谎。
王镇长	秋嫂，快别说了，换了别人也会这么做。
	［这时齐铭拎着公文包也是急匆匆地上。
齐　铭	哟，王镇长……

王镇长 　齐校长，老朋友，你出差？

齐　铭 　王镇长，我、我是来送你……

王镇长 　送我……（叹气）败军之将，有什么可送……

齐　铭 　王镇长，说真的，来咱镇工作的人不少，让我佩服的没几个，你算是一个！

王镇长 　（苦笑）得了吧……请你原谅，你那一块儿不在咱分管之内，平常也少关心。

齐　铭 　应该感谢你，你来这几年，动员企业工厂为失学儿童、留守儿童做了不少事……再说全镇村村修好路、建文化设施，没有你分管工业的快速发展，也做不到，还有许多……不是平常咱俩关系好就说这些，这是大家有目共睹的。

王镇长 　（抹泪长叹）谢了，谢你来送我！

齐　铭 　王镇长……我……我……

王镇长 　齐校长，你——还有事？

齐　铭 　本来想请你喝酒，可这个时候你的心情……

王镇长 　你的好意心领了，以后到你家喝……

齐　铭 　王镇长，我……我是向你表示歉意的。

王镇长 　歉意？我们俩是好朋友，你可没有对不起我的地方。

齐　铭 　（下决心）这次选举，你以一票之差落选，我和张村的另外两名镇代表都没投你票……

王镇长 　你……你……（指着齐激动，突然转过身去）道什么歉，那是你们的权利。

齐　铭 　你知道我也是张村人，坐落咱村的化工公司污染，对群众造成损失，群众要求赔偿、清污，上访、打官司，你总是护着化工公司……

王镇长 　（明白，苦笑）我……好难、好难，招一个好企业难啊！化工公司的税收占咱镇财政的三分之一。

齐　铭 　我知道你难，可有些你也做急些，做狠些……群众是无辜的。

王镇长 　你说该怎么办？

齐　铭 　我，我也说不清，按规矩办事，我感到你有些急于求成，一口吃不成一个胖子。

王镇长 　这些我懂。

齐　铭 　因为这些关乎个人的升迁，可以理解你这种"立功"心理，但为人更要立德、立言，有党性。某些人把自己狭隘、偏执、认识上的误差混同于党性，最终受损失和买单的是群众……（有些不好意思）你看，我这教师病又犯了……

王镇长 （拍拍齐的肩）谢谢你来送我！谢谢你告诉我这些……

齐　铭 其实，我有点儿后悔，没投你这一票，我一直在想，让一个能干的人落选，自己是不是做了一件蠢事？

王镇长 老朋友，不说了，本来想一个人悄悄地走，没想你们仨……谢谢！（鞠躬）噢，头班车时间早过了，怎么车还没到？

齐　铭 王镇长，别等了，车是等不来了！

王镇长 为什么？

齐　铭 头班、二班车都让我们包了！

王镇长 包了？

齐　铭 大家想送你，你回头看看——

〔王镇长回头一望，幕后齐声："王镇长，我们送你！"

王镇长 （激动，抹泪）谢谢！（鞠躬）

齐　铭 大家真舍不得你走，有些后悔……

王镇长 这次让咱明白了许多……

齐　铭 我想送你一件礼物。

王镇长 齐校长，这是——

齐　铭 （拿书法轴子）咱是教师，没有别的东西，送件书法作品，权作纪念。（打开）

〔上联"清而不明害百姓"，下联"忠而不贤误国家"，横批"民眼写春秋"。

〔剧终。

戏剧小品

回　　家

王　祥

时　间：除夕前夜

人　物：中年人（五十多岁）简称"中"

　　　　小青年（二十多岁）简称"小"

　　　　［某市郊外，盘山公路边。一个废弃的茶摊。

　　　　［漫天遍野都是雪，寒风呼啸。

　　　　［汽车急刹声，接着是嘈杂的人声。

　　　　［中年人上。

中　　（抱怨）这老天爷，挺会为难人的，大年三十了，也不给个好天气……这是什么鬼地方，前不着村，后不着店的。汽车抛锚也不挑个好地方。（回头，喊）师傅，你这破车，什么时候能修好……不知道？这个鬼地方，一边悬崖，一边破茶摊，连鸟都不在这儿歇脚。

　　　　［青年人裹着大衣，戴着帽子，胆怯地猫着腰上。

　　　　［中年人抽烟，没有火。

中　　哎，小伙子，借个火。

　　　　［小青年头也不抬地摸出打火机，递给他。

中　　（点烟）你也是从前面那辆车上下来的？

小　　（警惕地看着中年人，不置可否地点了一下头）

中　　（高兴地）你也是大阳镇的？汽车抛锚走不了了，咱就步行，苦点累点算啥？回家多好啊！不就二十多里地吗，总不能在汽车上过年吧！走，路上做个伴，就算是咱的缘分，走吧！（欲拉他）

小　　（充满敌意地）你别碰我！

中　　（尴尬。突然明白过来）你怕我是坏人？

小　　（把头扭到旁边）现在没有坏人，只有穷人和富人。

中　　小兄弟，出门在外，小心是必须的。可是，你也不能草木皆兵啊！

　　　　［风，越刮越大，呼啸声一阵接一阵。

中　　（索性也坐下）风，越来越大了。歇会儿也好！（扔掉烟头）过年了，大阳镇上的家家户户都忙起来了，屋里门外打扫干净，该贴上春联，煮肉烧鱼，准备年夜饭了。

小　　（理理身上的衣帽）我不是大阳镇的。

中　　你不是大阳镇的？那你是……

小　　（有气无力地摇摇头）我不知道。

中　　你家住哪儿？要去哪里啊？

小　　这车到哪儿，我就到哪儿。

中　　这班车的终点站是柳河，还有三十公里呐！

小　　我就到柳河。

中　　可是这车坏了，啥时候修好，连师傅都不知道。

小　　我等。修不好，我就不走了。

中　　不走了？不想回家过年了？

小　　我没有家。

中　　你……（上下打量）你是离家出走的？

小　　（跳起来）你管我是不是离家出走的，烦不烦啊你！

中　　好，我走，我走。

　　　　［中年人忽然又站住了。

小　　（疑惑地）你怎么不走了？

中　　我走了，万一这车修好了呢？

小　　（感慨地）人生，太多的万一。

中　　哎，小小年纪，哪那么多感慨啊？受刺激了？妈妈不要你了？失恋了？

小　　（落泪）谁说我失恋了，我没有，我……

中　　哭了？想家了？

小　　不想。

　　　　［中年人的手机铃声响了。

中　　（接电话）哎，老婆，真是倒了霉了，这破汽车抛锚，把我们一车人搁路上了。什么？今晚能到家，这儿虽说是荒郊野地，可我看呐，好像离大阳镇不远了。大约二十里地吧！好好，老婆，天亮之前，我一定到家。等我！没事，这里很安全，山上没有狼，身边还有一小伙子陪我，当然，不是小姑娘，你放心。

　　　　［小青年看着中年人手里的手机。

中　（关机）怎么？你也想给家里打电话？

小　（点头）你的手机，让我用一下好吗？

中　你没有手机？这年头卖猪肉的、捡破烂的、蹬三轮的都用上手机了，你这么个小伙子，没有手机？

小　（支支吾吾）我的手机，没电了。

中　出门在外，手机要充足了电。给你，给家里报个平安。
　　〔接过手机，避开中年人，打电话。

小　（压低嗓门）小林子，我妈怎么样了……正在找我？我关机了，不理她！
　　〔小青年把手机还给中年人。

中　你们小青年，隐私多，连夜里打呼都是隐私。你妈催你回家了吧？

小　大叔，你先走吧，我想躺一会儿。（说着，躺到茶摊的桌子上）

中　不行，睡不得，冰天雪地的，万一睡着了，这就太危险了！

小　大叔，我真的想躺一会儿，你先走吧！

中　要不，你回车里去。车子开不了，空调也坏了，可车里没风，比这儿强。

小　不不，我想让风吹一吹，这样更舒服一些……

中　吹风？你有心事？

小　没有。你走吧！你家里人还等着你回家过年呢！
　　〔中年人走了。小青年沉默，哭了，梦游一般地走向苍茫的远处。
　　〔中年人突然返身。

中　哎！你……别动，再往前走，就是悬崖，那可是万丈深渊啊！

小　你别过来！别过来！

中　小伙子，千万别想不开，那是悬崖，向前一步，你就没命了！

小　大叔，我求求你，别过来……

中　（突然，计上心头）你小子……年纪轻轻的，像我儿子……不不不，你别误会，我不是讨你的便宜，我儿子也跟你差不多大，过了年，就二十二岁了。长得很像你，很秀气，我妈最喜欢他了，我常年在外面做生意，我妈见不到我，就把我儿子当成了我，我妈她……

小　（突然吼起来）别提你妈！我妈不是你妈，我妈可不稀罕我！

中　不不，不可能！天底下只有不孝的儿女，没有不疼儿女的妈妈。不不，我不是说你，我是说我自己。

小　你怎么啦？让你妈妈赶出来了？

中　没有。

小　你离家出走了？

中　　不是。

小　　那你怎么不孝了？

中　　（难过地）十二年了，为了脱贫致富，为了给咱大阳镇的人争口气，我下深圳，去海南，闯荡上海滩，挣了不少钱，可是，我很少回家，每到逢年过节，我就想家，想儿子，想妈妈……可是，没想到，去年的秋天……

小　　（听故事似的）去年秋天怎么啦？

中　　你想听吗？

小　　想。

中　　你过来！大叔说给你听！

　　　[小青年慢慢走过来，中年人一把抱住他。

小　　（推开他）流氓！你骗人！你是个骗子！

中　　我不是流氓，也不是骗子！我说的都是心里话。孩子，你听我说……

　　　[中年人手机又响了。

中　　（接电话）哎，老婆，我正在半路上，快了，快到家了。什么，你准备了八大碗？好好，好媳妇！我妈逢年过节的，就喜欢做八大碗。对了，别忘了带一把伞。妈妈的坟头上没有遮雨的东西，万一下雨，别淋着咱妈，好媳妇，谢谢！

小　　（感动地）你妈她……不在了？

中　　这十几年，我不能回家陪妈妈过年，今年，我一定要在墓地上和妈妈一起吃顿年夜饭。儿子不孝，只能给妈妈赔不是了！

小　　太感人了！

中　　真后悔啊！老人家在的时候，不知道珍惜！老人走了，才知道我欠妈妈的太多了。这十几年，为了打工挣钱，四处奔波，冷落了日夜思念儿子的妈妈。我……

小　　原来是这样。

中　　（故作轻松）好了，不说了，回家过年，和亲人团聚！走了！

　　　[小青年突然又哭了起来。

中　　孩子，你怎么啦？

小　　大叔，你拼命往前赶，离家越来越近，我越往前赶，离家越来越远啊……

中　　嘿？你越说我越不明白……

小　　我的家……就在城里。

中　　那你这是……大过年的，你去柳河干什么？

小　　他们说我得了抑郁症。

中　　你抑郁了？

小　　我大学毕业，找不着工作，我妈骂我没出息；好不容易找到工作了，又被公司裁员了，我妈骂我没本事；谈了个对象吧，结婚买房又没钱，我妈骂我是窝囊废。你说我有多难啊！

中　　就这点小事，大过年的，你就离家出走了？

小　　我要工作，我也需要爱情，我的压力有多大，你知道吗？可我妈还要烦我！

中　　（无名怒火）混小子！你妈是疼你！爱你！真是个不孝的东西！

　　　[中年人一把撸下小青年头上的帽子，帽子里飘出一头长发。

中　　（大惊）啊！你是女孩儿？

　　　[二人相视无语。

小　　我没出过远门，扮个男孩儿，安全一点。

中　　（递上手机）什么都不说了。孩子，快给你妈打个电话，回家过年。

　　　[小青年掏出自己的手机，拨电话。

中　　你的手机不是没电了吗？

小　　我怕我妈找我，我把手机关了！

中　　（责怪）你……你呀！

小　　（拨通电话，泪如雨下）妈！我要回家！我这就回家，妈，我错了！

　　　[突然，传来汽车喇叭声。

小　　（高兴地）大叔，汽车修好了！

中　　不是。那是回城里的车！孩子，快回家吧！（拦车）哎——停车，有人要回城里！

小　　（拦车）停车！我要回家——

　　　[剧终。

14

戏剧小品

特殊礼物

王　祥

人　物：向甜甜——二十五六岁，大学毕业，"佳茗点"连锁企业老板

　　　　小霞——"佳茗点"服务员

　　　　快递公司人员

　　　　向父、向母

　　[舞台背景："佳茗点"连锁店的时尚的门面设计，门前摆放一些祝贺的花篮。

　　[在一阵的鞭炮声过后，向甜甜愉快地挥手，口中不停地"谢谢、谢谢，欢迎再次光临'佳茗点'"。小霞也跟着上。

小　霞　经理，今天你忙了一天，迎接祝贺的嘉宾、招待顾客，你也该休息一会儿。

向甜甜　还真有点累，大家也一样累，为今天开张，这些日子，大家够辛苦了，你招呼大家收拾一下，早点休息。

　　[小霞应了一声下。

　　[背景音乐：蒋大为《要问我们想什么》这首 20 世纪 80 年代上半期流行的歌："漂亮的姑娘十呀十八九，小伙子二十刚出头，如锦似玉的好年华，正赶上创业的好时候……"

向甜甜　（对着观众）向大家介绍一下，我叫向甜甜，从小就在这歌声中长大的，我的父母正是唱着这首歌，他们从种田的青年农民到做生意人，成了先富起来的农民，他们希望我上大学，在大城市找个不错的工作。大学毕业后，我在省城一家外资企业找到一份不错的工作，一段时间后，我却有了回乡创业的计划。父母拗不过我回家的决心，不过他们让我在家复习考公务员，哪怕考个三年五年都行，然而我明里复习，暗里却外出学习茶艺和糕点制作，并取得从业资格证。这下子惹怒了父母，他们

不给予任何支持，而且要我承诺，如果失败的话，就听他们安排。我上网查信息，到人社局咨询有关政策，凭着优惠的政策和市场观察力，办起了这家"品佳品茗茶，尝精美糕点"生产与服务的企业，三年不到，做成了品牌，还有了连锁店。这是第三家连锁店，今天开张了，倒是我与父母的关系……哎，不说了，不说了。

［小霞上。

小　　霞　经理，有位客户在这儿预订了两盒子高档的生日蛋糕，可到现在还没来取。

向甜甜　那就等呗！

小　　霞　可我们没一会儿要下班了。

向甜甜　那是什么样的蛋糕？

小　　霞　八百八的那种！

向甜甜　那上面用奶油写生日人的名字了吗？

小　　霞　没有，一个写的是"一帆风顺"，另一个是"步步高"。

向甜甜　你们怎么不早点儿告诉我？

小　　霞　可人家是按我们的要求程序预订，我们收了他 30％的蛋糕款，谁知道他到现在没有来。

向甜甜　八百八，两盒一千七百六十……预交了五百，还有一千二百多元呢！

小　　霞　会不会有人跟我们过不去？

向甜甜　这……我做这行快三年，合法经营，文明竞争，可没招惹谁啊！

小　　霞　同行是冤家……

向甜甜　傻啊，拿五百送这儿来，损人不利己……

小　　霞　你别忘了，咱这家店今天才开张，你看这事……

向甜甜　兴许有什么原因，人家暂来不了，我们先放好……明天再说……

小　　霞　（无奈地）

［这时，一个快递公司人员上来。

快递人员　请问谁是向甜甜？

向甜甜　我是！

快递人员　有你一封快件，按要求必须亲交您手，请您验收并签字。

［向甜甜验看并签字道谢。快递人员下。

［向甜甜拆下来并拿出一个牛皮纸信封，又从未封口信封中，拿出一叠钱和一张纸。

向甜甜　（展开）尊敬的向老板，真不好意思，在您这儿预订两份蛋糕，因为一些原因，未能及时拿走，让您久等，特别在贵店开张的喜日里，请您原谅，向您表示歉意，特补上蛋糕这笔款项，蛋糕请您帮我保管一下，我会来取的，我知道您心中恼火这件事，现在您该放心了，您没有任何损失，不过，我想知道，假如我不来补上这笔款子您是否会骂我……

小　霞　这人真逗……他不说我们也得保管好，否则损失更大都是我们的！

向甜甜　好了……

[这时，又一快递公司人员送来一个大花篮和一束鲜花，甜甜签收，快递员下。

小　霞　哎，怪了，到现在还有送花篮的，贺咱开张，我们开张仪式早过了。哎不对，再说我们邀请嘉宾都来了，是谁……还有这束鲜花，（捧着鲜花乐了）经理，这下子露了吧，藏得深啊，男朋友送的吧？平常你总说没有男朋友！

向甜甜　（看看笑起来）傻丫头，我看你是想找男朋友想疯了，男朋友送这种花吗？

小　霞　（捧着花左看右看）还真的，男朋友该送玫瑰花呢！可这是普通花（递给向），这束花的飘带上写着"生日快乐"！

向甜甜　"生日快乐"？（看看花束）我们这儿没有谁生日，这快递公司咋搞的？张冠李戴！

小　霞　（看花篮）"佳茗点连锁店'开张致禧，大吉大利'"，这上面可没写错，继续寻找（从花篮中拿出一张叠好的纸递给向甜甜），又是信，经理，我总感觉今天……

向甜甜　（打开）甜甜，快三年了，你坚决让我们不要过问你的事，爸妈知道你这三年很努力，很辛苦，也成功地走出自己的路来，开了一个好头……其实，你想做的和我们所希望的一样，只不过我们总想你少吃些苦……无论成功与否爸妈都永远爱你，这花篮祝你开张大吉，这束花祝你生日快乐……快，小霞，快到门口看看，我爸妈肯定在门外。（和小霞两人下）

[向甜甜携着向母的手，小霞拉向父的手，边说边上。

向甜甜　妈，你们怎么不进来……

向　母　这快三年了，你坚决不让我们来管你的事，你犟，你爸倔，真是一对父女……

向甜甜　妈，你看你……（转向向父）爸……

向　父　（有些尴尬）甜甜，也许，爸是……

向　母　（赶紧扯了向甜甜一下）这些年我们做生意赚了钱，知道创业打拼不容易，就是想让你不要再吃我们吃的那些苦，工作生活舒心一些，你原来那工作多好，又在大城市……

向甜甜　妈，爸，其实我在外人看来学业有成，收入又不错，其实省城竞争力太强，机会太少，我时常有力不从心的感觉。我一直在四处找机会，每次回来，我都在家乡观察了解情况，相信自己能在家乡找到发展机会，你们不是常说"人挪活，树挪死"，这不是开了个好头！

向　母　丫头，就是嘴凶，其实你这样，正是我们所希望的啊！

向　父　甜甜，订蛋糕是我们。

向甜甜　（惊讶）爸、妈唱了一出送花篮的戏，那蛋糕又是哪一出？

向　母　（忙抢过话头）你记得快递公司送蛋糕的钱和信，那是给你出的题，看你如何处理。

向甜甜　（惊讶）爸，妈，你们，你们……（不明白又无奈地摇头）现在放心了吧！

向　父　（板起面孔）能放心吗？哪个父母不牵挂儿女、望女成凤？

向　母　在家你跟我怎么说，又吓唬女儿……甜甜把蛋糕拿出来，爸妈为你过生日！

向甜甜　生日？我生日还没到呢！

向　母　乡里习俗过阴历生日，今天是你阴历生日，又是你第三家连锁店的开张日子，高兴事儿赶一块了！

向甜甜　今天这些原来都是预设好了的。

　　　　[小霞取蛋糕，忙着插蜡烛。

　　　　[众人拍着手附和着唱歌。

向甜甜　爸，生日歌中外都一样，我知道老爸、老妈从年轻到现在都是蒋大为的粉丝，你唱你经常哼在嘴边那首歌。

向　父　（高兴地）还是女儿懂我……（音乐声起，蒋大为的那首《要问我们想什么》）好，虽然这首歌有着那个时代的烙印，不过，好听又励志。下面就唱《要问我们想什么》作为特殊礼物送给我女儿甜甜，祝你生日快乐，事业有成……"漂亮姑娘十呀十八九，小伙子二十刚呀刚出头，如锦似玉的好年华，正赶上创业好时候……"

　　　　[众人拍着手，大家一起唱。

　　　　[剧终。

小 品

偷 牌 记

王 祥

人　物：肖桂英——农村养殖大户，50 岁左右
　　　　李晓光——肖桂英丈夫，50 岁左右
　　　　村支书

[农村村民住宅小洋楼。

[在轻快音乐声中，肖桂英上场，边走路边打电话。

肖桂英　哎，哎，儿子，注意安全……我知道，路上小心，注意安全，腊月黄
　　　　天，人多…噢，要到家之前再打个电话……哎，拜拜。

肖桂英　（高兴得不知手放哪儿好）晓光、晓光……

[李晓光上，系着围裙。

李晓光　啥事，啥事……一惊一乍的？

肖桂英　晓光，晓光你这个人总是慢慢的，快点……

李晓光　来了……

肖桂英　好事，好事，儿子今天就到家……

李晓光　知道，知道，你说了多少遍……

肖桂英　你知道，还有谁和他在一起……

李晓光　管他和谁在一起，路上遇个熟人朋友什么的搭个伴很正常。

肖桂英　你……说你啥来着的……还亏你这做老子的，也不关心关心儿子……

李晓光　（一愣，想想）难道是带女朋友……

肖桂英　聪明！儿子还带着女朋友回来过春节……

李晓光　啊？

肖桂英　准确地说是准媳妇……高兴吧？这可是我们家的头等大事！

李晓光　高兴！这事我怎么不知道……

肖桂英　我也是刚才接电话才知道，儿子鬼着呢，藏得深，现在知道也不晚，赶

紧收拾，不能有点半点儿疏忽让儿子女朋友不高兴！

李晓光　早收拾好，地拖了，所有家具抹了又抹，你可以检查，抹不到半点灰尘。（用手抹）

肖桂英　（四周看看）现在标准提高了，窗帘换新的，沙发上的纱巾换新的，床子的毯子、被子全换新……

　　　　［李晓光口中咕哝着下。

肖桂英　（高兴地转来转去，嘴里哼着歌）今儿个啊真高兴，高兴……

　　　　［李晓光上。

肖桂英　你这人怎么的，不是叫你收拾收拾……

李晓光　早收拾好了，啰嗦……

肖桂英　再检查检查，家前屋后……

李晓光　你检查去！

肖桂英　行！（下）

李晓光　什么人……不就是儿子的女朋友……

肖桂英　（上）值得表扬，收拾得不错，再想想……有没有漏掉的？

李晓光　（想）没有，没有！

肖桂英　（想）晓光，晓光，有事……（着急拍大腿）大事不妙……

李晓光　又是一惊一乍的，啥事？说！

肖桂英　你看我们家门上还差点什么？

李晓光　（仔细看）没看出。

肖桂英　门上的牌子。

李晓光　幸福村 51 号。

肖桂英　（着急）傻啊……再看。

李晓光　（手指门上）五好家庭。

肖桂英　还有……

李晓光　科技示范户。

肖桂英　还有……

李晓光　还有啥？没有了，我又没当兵，肯定没有"光荣人家"。

肖桂英　（急了）扯到八国去了！我们家门上少了块，最重要的"文明户"的那块牌。

李晓光　是啊，咋了？

肖桂英　猪脑子，儿子的女朋友来了，肯定要串门，看见了别人家门，都有这块牌，我们家没有"文明户"这块牌子，咋想？这块牌子没人看，说没用就没啥，有人看重这个，可就说不准了……

李晓光	是呀，这个牌子挺重要的，有的不一定说明啥，没有，一定说明有问题。
肖桂英	什么问题？
李晓光	不文明啦！
肖桂英	哪儿不文明？
李晓光	还说呢，都怪你，几年前养鸡养猪，你把鸡粪猪屎乱放田边的塘里，臭得通天，弄得人家都不满，村干部来找，你骂得人家不敢登门，到现在跟邻居支书嘴不嘴、脸不脸的。农村环境整治，村里规定养殖大户统一修大化粪池，把畜禽粪集中运到外边去，每户每月收取一百元，你不给，还说人家乱收费；我打听过每月往外拉粪，村里虽然每月每户收了一百元，确实每月还要倒贴一百元……哎，都是你弄的……"文明户"的牌子能有我们家的份？你还说没啥了不起，就一块小铜皮。
肖桂英	那是气话！现在的女孩子精，让她看出来，怎么样看我们？她与儿子的事能好吗……咋办？
李晓光	找村干部要，没门，再说两年才评一次……
肖桂英	咋办？有了，晓光，村里不给，咱自己做，你快到城里标牌厂照那牌尺寸大小做一块！
李晓光	做一块？合适吗？
肖桂英	不合适咋办，你有更合适的？
	［李晓光无可奈何下。
肖桂英	"智者千虑，必有一失"，咋没想到这事……
	［李晓光拎包上
肖桂英	做了？
李晓光	（从包里拿出牌子）铜牌厂早关门放假了，人都回去过年了，我就到打印社，做了块泡沫板牌子。
肖桂英	（拿出牌子左看右看不满意）这泡沫板的一看就不一样，挂上看看。
	［夫妻俩挂牌，不同角度的看。
肖桂英	不一样，不一样，拿下，拿下，一看就是冒牌货……
李晓光	你……哎，刚才，在路上遇到了支书，想跟我说什么，又不想说了，有点奇怪！
肖桂英	哎，到年底，能有啥事？还不是交那个运费的事，他要钱……这几天，老在咱家门口转……
李晓光	桂英，你看，还是把那个运费交了……
肖桂英	交……交个屁……我没交，他不照样把粪拉走了……哼，说明这钱可交

可不交……拿个破块铜皮吊我……老娘不稀罕……

李晓光　你……过分啦，不稀罕……你还在发愁呢……桂英，看来，我们也得改
　　　　一改……

肖桂英　改……改……对，改一改……有了，问人家借用一下，等儿子他们春节
　　　　上班，再还人家。

李晓光　桂英……（苦笑）亏你想得出……就借到，你不怕人家笑话我们，再
　　　　说这过年谁肯把这东西借给你……总不能去偷……

肖桂英　偷……对，有了，就——去——偷！

李晓光　偷，你有病呀……越说越离谱。（伸手去摸肖的额头）

肖桂英　（打开李的手）你才有病，他不给我家"文明户"的牌子，就偷他家的
　　　　（一指），不……是借，借用一下！

李晓光　（吃惊）谁……支书家的……馊主意，下作！

肖桂英　我们家没评上"文明户"，就是他的意思，如今问他"借"用一下，也
　　　　是应该的。他老婆到北京女儿那里带小孩去了，就他一人，大半时间在
　　　　村里，没有多少时间在家里，"借"牌子成功机会大……

李晓光　（苦笑，摇头）何苦一出又一出……

肖桂英　去看看他在家没？

李晓光　要去，你去，我嫌丢人……

肖桂英　（生气，上前推开李）废物……

李晓光　（对着观众，双手一摊摇头）早知现在，何必当初……

肖桂英　（气恼）今天他就没出去……

李晓光　人家出不出去有你的事吗……

肖桂英　去……（一屁股坐在椅子上生气）

　　　　［这时，外面传来支书的声音。

支　书　（外）晓光兄弟在家吗？

　　　　［夫妻二人顿时紧张。

肖桂英　说曹操，曹操到，怎么办？

李晓光　你不是念叨人家的，人家来了！

肖桂英　（低声）肯定是来要钱的……你，千万别多言……看我的眼色行事……

　　　　［支书上，夫妻两人不自然。

李晓光　支书大哥，虽说是邻居，平常难得一起说上话……

支　书　是的，是的，你嫂子到北京帮丫头带伢儿，大年三十才能到家，我呢就
　　　　一人村里、家里、田里来回转，左邻右舍少了串门。

李晓光　是的，支书大哥，你别站着，坐……请坐！

支　书　　晓光，今年鸡子、猪子的行情不错哎！

李晓光　　是不错，不过今年市场受传染病的影响，存量少了，市场走高了。

　　　　　［肖桂英站在李的背后扯他的衣服。

李晓光　　（转过身）咋了？

　　　　　［两人头扭一旁低声。

肖桂英　　言多必失，哪壶不开提哪壶！

支　书　　咋了？

肖桂英　　支书大哥，我说水开了，提茶壶泡茶。（泡茶，递茶）

李晓光　　支书，请喝茶！

肖桂英　　（面露喜色，旁白）机会来了（下）

支　书　　晓光，涛子什么时候回家？

李晓光　　今天就到家。

支　书　　涛子这孩子有出息，才毕业就搞出几个发明，拿到国家专利。

李晓光　　你家大明也不错，在北京坐机关。

支　书　　拉倒吧，房贷一大把，什么时候能还完？

肖桂英　　（内喊）晓光……那个……什么的……放在哪里……你来一下。

　　　　　［李晓光下。支书端着茶四下看着。

　　　　　［李晓光拿着酒瓶、酒杯、筷子上。

李晓光　　大哥，到中饭时了，虽是邻居，平常难得坐在一起喝一杯，今天遇上，
　　　　　喝个痛快，再说你就一个人，在哪里都是吃。

　　　　　［肖桂英端着盘子上。

支　书　　哪里话？不行……我得走。

肖桂英　　支书大哥，你是我邻居，跟晓光是发小，论老辈还是远房亲戚，吃顿顺
　　　　　便饭，不违反规定吧！

李晓光　　大哥，小时候，咱俩常在一起，夏天上树捉知了，下河摸鱼虾，多快
　　　　　活……

支　书　　那时我们俩形影不离……

肖桂英　　就是嘛！坐下来，今天"密切联系群众"一回！

支　书　　桂英啦！（笑着摇头）你这张嘴就是利害，行！恭敬不如从命。

　　　　　［夫妻俩，不断对视，轮番劝酒。

　　　　　［在夫妻俩的劝酒声中，支书渐渐不行了，趴在桌上，打呼噜。

肖桂英　　（轻轻地）支书，大哥……你醒醒……

　　　　　［支书口齿不清，睡着了。

　　　　　［夫妻俩把支书轻轻地挽到沙发躺着。

肖桂英	（望着支书）何支书，哼，你就好好睡吧，李晓光，快，拿锤子、启子，到他家门口去把那个"文明户"的牌拿下来，快去呀。
李晓光	不去，桂英，这么做，多不厚道！也不光彩。
肖桂英	什么厚道不厚道、光彩不光彩，我只知道儿子的女朋友最重要！
李晓光	你用这种不文明的手段，去偷一块"文明户"的牌子，好玩吧?!
肖桂英	（发火，一脚踢过去）滚，你不去老娘去，你看住他。（下）

[李晓光端着茶水照应支书。

[肖桂英一边夹着"文明户"的铜牌，一手拿着锤子等，一瘸一拐地上，咧着嘴，十分痛苦的模样。

肖桂英	（手势）成了！成了！
李晓光	咋弄成这样?
肖桂英	（低声）小声点，站着凳上没注意，凳儿一头翘摔下来，（揉着屁股）屁股要裂成两半……
李晓光	（忙上前去搀住她）你，你，你……让我说你什么好！（叹气）
肖桂英	（甩开李的手）这下好了，大功告成！值！
李晓光	你受这活罪，至于吗?
肖桂英	划得来！
李晓光	你看你像谁?
肖桂英	谁?
李晓光	《水浒》上的母夜叉孙二娘！
肖桂英	啐！嚼舌头根！

[支书躺在沙发上咕哝着"回家"。

李晓光	咋办?
肖桂英	你背他回家，倒碗茶放在床头柜上，别关灯，过会儿你再去看看！

[夫妻赶忙扶着支书坐起，李晓光背着支书，下。

[肖桂英，忙着把牌子钉在门上，满意地看着。

李晓光	（上看着肖，摇头）这下你满意了?
肖桂英	满意！让准儿媳妇看到别人家门上都有块文明户的牌，就咱家没有，会怎样……
李晓光	我劝你多次，做事要往前看，这时才想着这块牌子重要……
肖桂英	去，去，去……不准再提这事，哎，你把他安顿好了，过会儿再去看看他。
李晓光	都是你……

[支书夹着牌子上。

支　书　晓光……

　　　　[夫妻二人吓了一大跳，僵住了。

肖桂英、李晓光　支书，你没醉？

支　书　（笑）酒是有点多了，还没醉，醉了，谁给你们送牌子?！（举着"文明户"的牌子）

肖桂英　（羞愧）支书大哥……这……

支　书　没什么，没什么，把那块旧的拿下，换上这新的。

李晓光　大哥，那运费我们交了！

支　书　交什么！你们家早交了！

肖桂英　交了？谁交的？

支　书　今年五月，你们涛子不是回来了吗？这孩子听别人说你们为交运粪的费用的事跟我闹别扭，就到我家把钱交了，这孩子真懂事，让我不告诉你们，别跟你们计较！

　　　　[夫妻同时"噢"的一声，相视，低下了头。

支　书　桂英啦，啥都好！能干、聪明、贤惠，科技种田能手，凡事就是要强，不过好事也没少做！捐款、救助贫困户、帮助失学儿童、关心孤寡老人都有你的份，乡亲们都看在眼里，这次评上"文明户"就没说的啦！

肖桂英　（不好意思）这……

李晓光　怎么说的……

支　书　牌子早领了放在我那里，几次想送来，你就是不理我。

李晓光　这农村环境整理后，就是大不一样，干净、整洁，看着也美，住着更舒服啊！

　　　　[肖桂英的手机响了。

肖桂英　小涛，到哪儿了，快到了……

支　书　（推一下李晓光）还愣着干什么？孩子快到家，我们把牌子钉上去。

　　　　[三人钉牌子。

　　　　[剧终。

小话剧

心　愿

王　祥

人　物：童乐——小学六年级学生
　　　　童母——童乐母亲，四十岁，长相不好看，饱经生活磨难
　　　　朱老师——女，班主任
　　　　同学甲、乙、丙、丁
时　间：×月×日下午（这一天正好是童乐妈妈的生日）

（本剧以小学生童乐同学在得到通知，下午某时间在教室召开小学最后一次家长会时的时空为序）

[背景为现代城市小学。
[小学六年级某班教室，桌椅讲台、黑板上写着"家长会"。
[在《春天和微笑》的歌声或音乐中起光。

童　乐　（画外音）今天是新学期开学，对我来说不仅仅是从小学生变成初中生，学业和生理的成长，更让我难忘的是我告别沉重的自卑心理，走向心理成熟，这要从小学六年级最后一次班会说起。
　　　　（在欢快音乐和众同学的笑声中，同学们边舞边上，班长喊："大家注意了，下午是我们小学阶段最后一次班会、家长会，班主任朱老师说班上每个人的家长都必须来参加，不得请假，知道了吗？"）
　　　　[同学们欢快地下。忧郁的童乐上，在台上六神无主地转着。
　　　　[这时同学甲、乙边走边谈上，跟童乐招呼。

同学甲　（对同学乙）这次我爸从新加坡买了很多玩的东西给我，这个星期天到我家给你开开眼界……怎么样？

同学乙　好！行！我妈这次到北京出差，专门买了正品的球衣、篮球，星期天到学校，老规矩，你的"神马队"与我的"飞龙队"PK一下，怎么样？

同学甲	有啥"怎样",谁怕谁!不过,具体时间由我定,到时打电话给你,这几天我爸、妈盯得紧……
同学乙	一言为定,我家也是的……整天唠叨……(转向童乐)到时候你也来……
童　乐	(不吭声)……
同学甲	(惊讶)噢,童乐……班上同学的家长我们都见过,就是没有见过你的家长!
同学乙	对啊,还真的,就是没看见过,你爸、你妈在哪儿贵干?
童　乐	(厌烦地看着同学乙,扭头不理)
同学乙	(和同学甲)还保密,真怪……(和同学甲下)

　　　　[一束追光照着童乐。

| 童　乐 | (咽泣着)妈妈,我要爸爸,我要爸爸,爸爸是干什么的?他在哪儿? |

　　　　[追光中妈妈出现在童乐身边。

童　母	(搂着童乐)乐乐乖,乐乐不哭……你爸爸在国外,回来会给你买很多玩具……
童　乐	你骗人,多长时间了,多少次我要爸爸,你每次总是这么说……
童　母	爸爸一定会回来的……
童　乐	(哭喊)你还骗人,多少次,我总是这么盼啊,盼啊……可我爸早死了!
童　母	(一下子僵住了)你……你……听谁说的?!
童　乐	我有一次在邻居奶奶们闲谈中知道的,我几个月大的时候,爸爸在工程事故中遇难了……
童　母	啊……(掩面而泣,从灯光中退出隐去)
童　乐	(寻找妈妈)妈妈,妈妈……你在哪里?……

　　　　[全场灯亮,童乐孤独地立在那里。

| 童　乐 | (画外音)残酷的现实,对于年幼的我是多么的残酷,多么大的打击。妈妈,我不再向你要爸爸,不再惹您生气,不再顽皮,只要您……从此我时常有一种怕失去妈妈的担心和恐惧。自卑的心理日益加重,不懂事的我却做着一件件伤害母亲的事,而这同时加重了我的自卑。 |

　　　　[追光照在童乐身上。

| 童　乐 | 我家的邻居都说我长得像我爸,要是像我妈可就惨了,那就一个字"丑"。有一次学校一位同学的家长样子很土气,被少数同学摹仿了好一段时间。不知不觉中,我开始有一种抵触的心理,不让母亲来学校,怕同学笑话…… |

　　　　[风声急吼,雷声滚滚,一场大雨即将来临。

［画外音，有人喊："童乐，出来一下，有人找你！"。

［童母出现在追光圈中的童乐身边。

童　乐　妈妈，你怎么来了？！

童　母　快放学了，这天要下雨，乐乐，妈给你送雨具。（拿出伞和雨靴给童乐）

童　乐　（紧张地东张西望，带有情绪）妈，我不是说了让你不要来学校，您怎么又来，你看你……

童　母　我不是怕你被雨淋湿了！

童　乐　这些你拿走吧！

童　母　淋湿了，要生病的，怎么办？

童　乐　生病也比同学们笑话强！

童　母　（一下愣住，似乎明白了什么，隐去）

童　乐　妈妈再也没到学校来……而我心里更加压抑。妈妈，其实我知道你对我来说是多么的重要，因为有了你，我才有个家；因为有了你，我才有依靠；因为有了你，我的世界才有阳光和温暖。在别人眼里我是一个不幸的孩子，失去了父爱，可我却从你那里得到了双倍的母爱。你默默地为我操劳。每次学校有家校联通活动，我总以各种理由不让你来学校，而心里是多么希望你像别的同学家长一样登上讲台，谈你说我，谈谈家教……因为我总是迈不过自卑那道坎，我把这一切写成作文《心愿》，投到省报参加省中小学作文大赛发表，还获了奖，不过没敢写上学校名称和地址，我把报纸和获奖证书藏起来，不想告诉任何人，要是别人知道，或许张扬出去了。可今天这家长会怎么办呢？一定要家长参加啊！

［同学乙上。

同学乙　乐乐，朱老师说了，今天家长会每位家长都得参加，这是最后一次班会，这次你不会再没有告诉家里吧？朱老师让我问你呢。

童　乐　我正为这事犯愁呢，今天还是……

同学乙　我不明白，为什么每次你家总没人来？

童　乐　我……班上你跟我最要好，你帮帮我。

同学乙　帮你？怎么帮？总不能说我妈是你妈吧？！

童　乐　没说让你妈做我妈，再说你妈也要参加，你可以找个其他人，电视剧里不是也有找人替代的情节？！

同学乙　你真这样搞？……

童　乐　你是我的好朋友……

同学乙　正好我姨在家没事，试着让她来？

童　乐　那你就快点吧！

（同学乙下）

童　乐　（如释重负，呼出一口气，但很快又变得孤独）

　　　　［欢快音乐起。

　　　　［同学乙拎着两个大生日蛋糕上。

童　乐　你拎这么大生日蛋糕干吗？你帮我的那事儿……

同学乙　（放下蛋糕，神秘地）来了，马上就到，我去看看。（下）

　　　　（童母上）

童　乐　（惊愕）妈，你……你，怎么来了？

朱老师　（边说边上）我请的！

童　乐　（有点慌了，看看妈妈，又看看老师）……老师……老师，我，我……

朱老师　你，你什么？……人小鬼大……

童　母　（忙走过来）老师，老师，不要怪孩子，是我这样子……不愿来……怕
　　　　给孩子丢脸……

朱老师　（拉着童母的手）童乐妈妈，大姐！是我工作疏漏与失误，对你们家了
　　　　解不够，对孩子关心不够，我向你道歉。（鞠躬）

童　母　老师，老师，这使不得，我家乐乐让你费心了，应该是我感谢您……

朱老师　童乐，今天是什么日子？

童　乐　（慌张）班会！

朱老师　我问你什么时间？

童　乐　5月20日。

朱老师　还有呢？

童　乐　星期五。

朱老师　再没有啦？

童　乐　（疑惑地摇头）

朱老师　傻小子，今天是你妈妈的生日。妈妈的生日你都忘了？！

童　乐　老师，你怎么知道……

朱老师　（拿出报纸）你不写学校名称、地址，我们就不知道你呀？！看了文章，
　　　　我就猜出几分，给报社一打电话，果然是你！

童　母　（着急）难道他写了什么不好的东西？

朱老师　没有，没有，作文写得很好、很感人，不然也不能得奖发表！

童　母　还得奖了？咋不告诉我一声？

朱老师　其实孩子心里也苦，很倔，想自己扛着！看过文章的人都很感动！了解
　　　　你们家庭后，学校决定就在今天召开这么一个特别班会——家长会，请
　　　　来班里其他同学家长，学校全体老师和各班的学生代表，请童妈妈上讲

台，庆祝她的生日，圆孩子一个梦，为他的作文获奖颁奖。同学们把东西拿上来!

[同学甲、乙、丙、丁扛着红底黄字的横幅上，上面写着"祝童乐妈妈生日快乐"。

童　母　（忙阻止）这怎么行，这怎么行?

朱老师　大姐，一来弥补我们的疏忽，二来不仅仅是为你，也为所有家庭、所有孩子，帮孩子树立信心，迈过这个坎、那个坡，让孩子们健康成长!

同学甲　老师快走吧，班里同学和学校老师、其他班的代表都在学校礼堂等我们!

朱老师　（两手分别拉着童母、童乐）走吧!

[众人下。

["生日快乐"的音乐响起。

小话剧

那顿年夜饭

王　祥

时　间：公元 1945 年 2 月 12 日至 2 月 13 日零时前后一段时间，也就农历甲申年
大年三十、乙酉年正月初一交接的时刻
人　物：队长（东北抗联某部队长，40 多岁）
　　　　小四川：（东北抗联某部战士，十七八岁）
　　　　小山东：（东北抗联某部战士，十七八岁）
　　　　小苏北：（东北抗联某部战士，女，十七八岁）

[背景，东北林海雪原。某深山老林中一隐藏山洞。
[狂风呼啸，大雪飞舞。
[山洞内，一块比较光滑的石壁上，有一排被擦过若隐若现用泥块画的
"1"竖杠，最后一个"1"要比前面的都要粗要大，特别显眼。
[小四川右膀吊着，不时地跺着地取暖，小山东左腿伤了，挂着拐杖不
时搓手，小苏北不时把双手放在嘴前哈气取暖，不时地警觉地仔细地
听着。

小四川　（呆呆地望着天空，口中喃喃自语）这雪又下大了，这雪又下大了……

小山东　小四川，你发什么呆，一个人自说自话？

小四川　队长离开的时候说，（指着石壁）他画一排小竖杠，让我们每天早上起
来，擦去一竖，就算过了一天，最后那个一大竖就除夕……他一定会回
来……可这鬼天气……

小山东　你怪这天干什么，它该下雪，还能下雨吗？要怪就怪狗日的小鬼子，不
是这些强盗侵占咱们国家，这会儿我肯定在老家吃饺子，放鞭炮守岁
呢……

小四川　这些强盗，老子跟他们拼到底！（激动，舞动伤手臂，疼痛得蹲下来）
唉哟……

| 小山东 | （忙上前欲搀小四川，谁知那条伤腿，也疼得他龇牙咧嘴，和小四川一起跌坐在地上，大笑起来） |

小苏北　好了，别闹了（两人噤声，听了一会儿）嘘……（失望地摇摇头）

小四川　你说队长会不会来……

小苏北　队长一定会来的……（边说边哈手、跺脚）

小四川　小苏北，听说鬼子也和咱们一样过年，这会儿，他们也在过年，平常你总不肯生火取暖，怕烟味让鬼子狼狗发现……现在应该不大会来找麻烦，咱们黑灯瞎火，听外面狼嚎虎啸，我心里总发毛……

小山东　我也是……

小苏北　（想了想）那……那好吧，破个例吧！

　　　　［点火，三人围着火堆。

小苏北　大家还是要多留心，队长走前把你俩交给我，说你们一个是神枪手，一个顶几个，一个神弹手，专往鬼子人堆里扔手榴弹，一炸一个准，帮你们早点养好伤，就等于是我亲手消灭了鬼子。

　　　　［小山东、小四川二人不好意思笑起来。

小苏北　队长还说，咱中国人最大的节日是过大年、除夕，他活着，他一定来，咱队伍只剩下一人，也一定带上好吃的，赶在天黑前，跟我们一块儿过年守岁，过完年他带我们归队。

　　　　［小山东、小四川高兴地叫起来。

小苏北　猴年过去了，鸡年快来了，队长他们会不会……不可能全被打光了……

　　　　［小苏北伤心地哭起来，小山东、小四川一愣，很快哭起来，三人抱成一团。

小苏北　（挣开，抹泪）小山东、小四川，战士流血不流泪，咱们过年吧，今天每人多两只核桃，多五只野果干，还有三人多一把干野菇。

　　　　［三人每吃一枚果子，喊一个战友的名字，三人又哭成一团。

小苏北　（跑到洞口朝天上看看）哎，雪停了，天上有星星，肯定到新年了，来咱来拜年吧。

三　人　（三人手握在一起）我们仨还活着，活着就是胜利，这就是咱们这支队伍三粒种子，咱们队伍垮不了！

　　　　［突然传来三声鸟叫。

小苏北　（止住两人声音）嘘，有情况……（小四川、小山东忙掏枪）

　　　　［又是三声鸟叫。

小苏北　（激动）是队长……是队长（忙朝洞口学三声鸟叫）

　　　　［队长穿着破棉袄，喘着气，拍打着毛帽子上的雪。

三　人　队长!!!(三人激动地抱着队长)

队　长　(来回地看着三人)我失信了,孩子们,鬼子看得紧,各个道上都加岗和巡逻人员,我怕留下足迹,引来鬼子,只好绕道钻入山林,绕了好大的圈子,所以才来晚了,你们生气了?!

三　人　队长,你来我们比什么都高兴!

队　长　(神秘地)有没有比这更高兴的?!

三　人　(齐声)有!(小四川、小山东架住队长的双臂,小苏北从队长怀里掏出一只布包,三人激动地翻看着)

三　人　哦,是好吃的。

小山东　真是饿死人了。

小四川　真香啊,要是有辣椒就更好了。

小苏北　美死你了,还辣子呢!

　　　　[三人看着那包食物,谁也不肯动手。

队　长　(又拿出一只军用水壶)来,孩子们,这是前天,我们打了鬼子治安署,缴获的战利品,专门给咱们喝的。

小山东　(急了)队长,你们把鬼子给打了,我们归队伍干什么呢?

队　长　(叹口气)本来打治安署,想搞点吃的,过个厚实年,谁知小鬼子真鬼,被歼前,把吃的全烧了,不过我们做了不少枪支、弹药和手榴弹留着你们使唤,教训教训小鬼子。

　　　　[小山东高兴得做投弹动作,小四川高兴地做瞄准动作,因为都受伤了,叫起来。

小苏北　(忙上前扶住他们)看你们,什么时候让队长省心!

队　长　(摇晃着水壶,拍拍布包)孩子们,苦了你们,要不是鬼子,你们这么大都在家父母宠着呢,这包里有点焦黑的苞米粒和大豆,还是从鬼子烧毁的粮食中抢出来的,等赶跑了鬼子,我请你们下馆子,从腊月到正月,天天过年。(说着扭开壶盖小心地倒满一壶盖酒,递给小山东。)

小山东　(闻闻)真是香死人啦!(递给小四川)

小四川　(用舌头舔了舔)香!真香(递给队长,作陶醉状,幸福迷上双眼)

队　长　孩子们,(举举手中的壶盖)就这一个"酒盅",没法共同干杯,大伙说怎么办?

小山东　按咱老家规矩,就行酒令吧!

小四川　行,我赞同!

队　长　我看行,小苏北,你是女孩,你说行什么酒令,大家伙听你的!

小苏北　(想想)过年嘛,每个人心里都有盼望,那就许个愿吧!

队　长　（挥手）就这样，许完愿，才能喝酒吃东西，小四川你先来吧！

小四川　（扔掉拐杖，艰难地、尽力想不扶东西，向前走正步，走得龇牙咧嘴，手不停地抹汗）新年到了，老天爷保佑我能跟上队伍，保证不落下，打鬼子，我用鬼子的手榴炸弹炸鬼子，那才解恨、过瘾。

　　　　［其他三人齐声叫好，鼓掌，小山东喝酒吃东西，队长又倒酒递到小山东面前。

小山东　（摇摆不定站起来，举着壶盖）新年了，老天爷保佑我跟着队伍。在这儿养伤几十天，我每天都在用左手练习瞄准，队长，左撇子照样百发百中，再说我的右膀也好得差不多了，要不，我给你敬个礼看看。（说着挣掉吊带抬起右膀，努力上抬，只能抬一半，再也无法上抬，动摇西晃，模样十分滑稽）

　　　　［大家为他叫好，鼓掌。

队　长　（抹泪）小苏北，该你了！

小苏北　在新的一年里，咱们一定打败鬼子。

　　　　［大家叫好，鼓掌。

小山东　这是什么愿，大家都是这个愿望，你是女孩家，赶跑鬼子，你该找个婆家啰！

　　　　［大家笑，鼓掌。

小苏北　然后，我去找来小米，熬一锅子小米粥，烙上苞米面做的饼，烤得焦黄的脆脆的，大家想吃吗？

　　　　［大家鼓掌。

小四川　（来劲）我起码喝他五碗……

小山东　我要一盆，再加十个棒面饼。

小四川　撑死你……

　　　　［两人争起来。

小苏北　好了，好了，不要争了，这是我的愿望，到时候，我把你们统统请我老家苏北里下河，那里有大米、有鱼、有虾、有蟹、有莲藕、有酒，让你们尽兴个够。

　　　　［大家使劲鼓掌。

小苏北　对不起，酒我喝不了，意思下（举起，轻轻地舔了舔）唉，淡淡的，有点咸，是盐水……怎么会……队长？

队　长　孩子们，是盐水，这比什么酒都宝贵。

小山东　对，我这半年都没尝到盐味了。

小四川　我馋急了，就舔自己身上的汗，那汗水一点儿咸味都没有！

队　长　所以今天你们每人三盅，一定得喝，余下留着清洗伤口。

　　　　［四人轮着喝。

队　长　（看着天）孩子，按照时辰，现在该是接神了，咱们不接财神、喜神、福神、禄神、寿星，咱们接胜利之神。没有鞭炮咋办？胜利之神喜欢掌声，咱们把掌声错开拍，不就像鞭炮吗？

　　　　［大家齐声"对"，鼓掌。

队　长　咱们也给小鬼子许个愿……

三　人　（齐声）对！！！

四　人　（齐声）愿他们早一天滚回他们的老窝去……

　　　　［队长拿出一块布，擦去石壁上最后又粗又大的竖杠。

队　长　（对三人）集合！

　　　　［三人排队、姿态不同，队长也排到三人队伍中。

队　长　向深重灾难的祖国和同胞，

　　　　向牺牲的战友们，

　　　　向活着为祖国而战的人们，

　　　　拜年！

　　　　［四人敬礼，姿态不同，令人忍俊不禁，如雕塑般不动，《义勇军进行曲》音乐起。

　　　　［剧终。

小话剧

范大轶事

王 祥

人　物：范大——农民，住在乡下，60 岁左右，范家老大

范四——范家大弟，40 多岁，室内装修设计师

范母——范大、范四母亲，80 多岁，与范四住在一起

[背景：范四家，富丽堂皇，又显示出设计师家庭浓郁的艺术氛围。

[范母虽然老态，但在抹桌揩椅忙碌不停。

范　母　（边干活边对观众）跟老儿子住在城里，洗衣、做饭、洗碗都用机，连扫地都用吸尘器，除了吃、喝、玩、乐非得我亲自上阵，不好由别人代替，其他老四夫妻两人啥也不让我干，还变着花样哄我高兴，这日子呀，满意！不过也有不如意的，就是乡下的老大，让我牵挂、让我着急。哎，这老大平日里闷声闷气，看上去傻不啦叽，家里搞得土里土气，遇着事拿不定主意，最可恨的是我那大儿媳一瞪眼，他不敢喘一口粗气，办起事抠门小气，平日里连个电话也舍不得打，都是老四给他打来打去，前些日子，听说乡下搞城镇化，也集中住在农民公寓，也不知现在情况咋样，等老四回来打个电话通通气……

[范大一只手背着袋子，一只手拎着包，来到老四门前，一只手放下袋子，另一手抹一把汗，敲门。

[范母紧张，警惕地走到门边细听，范大又敲。

范　母　（凑到猫眼）谁啊？

范　大　我……

范　母　你……哪个知道你是哪个？

范　大　妈（大声）妈……是我，老大。

范　母　老大……是老大，说曹操，曹操到，（开门）快进来。

范　大　妈……你，好吗？

范　母　好! 你啊,平常连个电话都不打,是没工夫,还是舍不得几角钱,妈给……

范　大　(不好意思)妈,你儿子也是快要做爷爷的人,你给儿子留点儿面子,儿子这不是来看你。前一段不是忙拆迁,搬到农民公寓住吗?

范　母　我那大孙子明儿的婚事咋样了?!

范　大　总算是答应了,农民公寓搬进去了就办事。

范　母　房子弄好了? 妈就盼这一天……

范　大　(有些迟疑)啊……嗯,弄好了。

范　大　(小心)妈,老四回来了吧?

范　母　快回来了……你找他?

范　大　(犹豫)我,我随便问问,随便问问……妈……老四最近忙吧?

范　母　老大,你啥事就说呗!

范　大　妈……(凑近范母)妈……

　　　　[这时范四开门进来。

范　四　(放下包换鞋)妈,(发现)大哥,你来了,坐,妈让我晚上给你打电话,正好你来了。

　　　　[范母给范大倒水。

范　大　(忙拖出袋子,拉开包拿出一些东西)老四,大哥没啥东西……

范　四　大哥,你这是干啥,你我是亲兄弟,你来看看妈就行了,带啥东西! (忙阻止)

范　大　老四,这是你从小就喜欢吃的山芋、芋头、茨菇、荸荠、胡萝卜,这是妈喜欢的“百日子”白萝卜,这是你喜欢的青皮红瓤的西瓜红萝卜,都是你喜欢的,还有芹菜、大蒜、葱……

范　四　大哥,这些你还记得,谢谢大哥,太多了,吃不了。

范　大　慢慢吃,吃完了大哥给你带,都是自家种的。

范　四　大哥,你还别说,妈总是说老家的山芋怎么甜,老家的芋头烧肉怎么香,“西瓜红”的青皮怎么脆……

范　大　老四,你最近忙吧?

范　四　不闲,整天不是在设计室,就是到工程上去,大哥,你有事?

范　大　(欲言而止)事? 没,没什么……

范　母　老大,你是来找老四有事,你就说呗!

范　大　老四,咱老家,现在在搞城镇化,都集中居住农民公寓里,跟城里一样。

范　四　听说了,这是好事呀,咱当年苦读考上大学,不就是想在城里工作。

范　大　这新房到手了，我和你嫂子、你侄子范明商议，房子大房间多，给你们，给妈也各留一间，逢年过节，你们回家住，咱们一家也团团圆圆住在一起。

范　四　妈，看大哥想得多周到，多谢大哥。

范　大　老四……老四……

范　四　大哥……你是差钱……

范　大　老四，不不，老房子拆迁补偿加上这些年的积蓄，虽然紧点儿，差不多。（环顾四周）

范　母　老大，你是想装潢，找老四的吧？

范　大　（激动）还是妈说得对！

范　四　你早说呀，这事包在我身上，包你满意，装得跟咱家一样，我就是干这一行的。

范　大　老四，咱村里也是这么说的，范大，你四弟是搞装潢设计，房子肯定弄得很漂亮。

范　四　哥，就这么定了，明天就派人过去量尺寸。我亲自设计，保你一流，不比我家差！

范　四　花多少钱，不要你劳心，我公司那儿有不少的多余材料，用得着都给你。

范　大　这、这、这多不好，兄弟，你帮我设计，我、我一样给钱……

范　四　大哥，你说哪儿去了，我全免费，不过，怎么弄你得听我的，图纸弄好就给你送去，哥，你们早该享受享受生活了！

范　大　当然，当然。那就拜托兄弟，那我就回去了。

范　四　（忙上前拉）你吃了饭再回去。（没拉住）

范　母　老大，老大，吃了饭再回去。

范　大　妈，老四，我就走了，还有许多事要做。（转身哼着小调下）

范　四　（笑，摇头）妈，你看看，大哥……

范　母　四儿呀，你大哥房子这事儿，你上心点儿。

范　四　妈，你放心，那也是我的家，老家。妈，你还别说，我高兴，咱大哥变了，开始懂得讲究了，房子装潢要先设计，不过，妈，大哥要是还像以前，砌了楼房，把麦秆稻草堆在里面，把羊养在里面，那我可真的白忙活一场了。

范　母　这种事在乡里多着呢！

范　四　妈，我怕卖了力不讨好！

〔灯光转换，一段时间以后，景和前面一样。范四家，范母还在忙碌，范大背着大袋，拎着小袋上，按门铃。

范　母　（警惕）谁呀？（从门的猫眼往外瞧）

范　大　（擦汗）妈，是我，老大。

范　母　（弯腰贴着门）声音高点。

范　大　妈，是我，老大。

范　母　哎，老大，是老大的声音。（高兴）等着！（开门）

范　大　妈！

范　母　老大，又拎着袋子干吗？

范　大　就带点东西给你们。

范　母　家里弄得咋样？（递毛巾给范大）你坐，（递茶杯）喝口水，你弟给你
　　　　设计的图纸满意吗，工程开始做了吗？妈老了，不能去帮你搭把手忙
　　　　一把。

范　大　妈，你就不要操这个心，现在都包给人家……（说完就双手拢着，低着
　　　　头不说话）

范　母　老大，老大……

范　大　（叹口气，仍然低头）

范　母　咋了，好端端的，叹啥气。

范　大　（抬头看着范母又叹了一口气），从包里拿出图纸）妈，这图纸拿回去，
　　　　村里都说太洋气，是洋盘，费钱，耗工，中看不中用……村里人一说，
　　　　你那大儿媳就回来跟我急。

范　母　（叹口气）老大，你就是耳朵根子软，村里人七嘴八舌，你就没主意
　　　　了，老四回来说，这些日子，他公司里有一半的生意是咱农村里人来找
　　　　他设计的，他还说如今农村人想法真的不一样了。

范　大　妈（迟疑，吞吞吐吐）你看……你看……还是你跟老四说说，让他帮
　　　　帮改一改……什么土不土，洋不洋……反正咱自己住。

范　母　（叹口气）老大……真让老四说中……
　　　　〔范四上，掏钥匙开门。

范　四　妈，哟，大哥你来了，怎么样，那方案你满意了？

范　母　（忙打圆场）我和你大哥正说这事。

范　大　（忙拉出袋子）老四，这是大米，新米你们尝尝新，这糯米，这是黏玉
　　　　米的玉米糁……

范　四　大哥，你又唱得哪一出？大老远好几十里的背这么重的东西来……你先
　　　　坐，我上卫生间一下。（下）

范　大　妈，我先走了。（忙不迭地下）

范　母　老大，老大……你……（追到门口）
　　　　［范四上。
范　四　大哥，唉，妈，大哥呢？
范　母　走了！
范　四　这大哥，真怪，妈，今天他来……还没说上次那图纸……
范　母　别提了，他来啊，一声不吭，只是叹气。
范　四　咋了？
范　母　四儿，你大哥就那人，你不是不知道……还真让你说中了。
范　四　咋了？
范　母　图纸拿回去，村里人说啥的都有。
范　四　这很正常，自己认可就行了！
范　母　你哥让改一改，不要太洋盘……
范　四　（愣住）真是狗肉上不了正席，稀泥糊不上墙……这些天，找我设计的
　　　　乡下人多呢，我还在感叹这个社会的变化真快……如今农村人也和城里
　　　　人一样追求生活质量。
范　母　你嫂子嫌太费钱！
范　四　好多材料都是我给，又不要他的钱，真是老土……
范　母　好了，好了，你就帮他改改算了。
范　四　（生气坐在沙发）嗯……（这时他的手机响了）喂，你好，你是范明？
电　话　叔，你好，我是范明……奶奶在吗？
　　　　［范四把手机递给范母。
电　话　奶奶，你好，我是范明。
范　母　范明，大孙子，奶奶好，在哪儿呢？婚事准备得咋样，奶奶急着呢！
电　话　在家呢，奶奶，改日我去看你，你把电话给叔。
　　　　［范母把电话递给范四。
电　话　叔，我爸呢？
范　四　来了，又走了，跟我打个招呼，其他啥也没说走了。
电　话　是让你改图纸？
范　四　是的。
电　话　叔，你那图纸设计得真好，时尚、大气、不俗气，又带有农家一些味
　　　　道，我举双手赞成，不要改，叔，你辛苦了，侄儿这厢有礼了。
范　四　听你这么说，叔心里高兴呢，你小子肯定跟你爸较劲很长时间了。
电　话　不说这些了，叔，你就按我爸的意思把图纸改改应付他一下，到施工我
　　　　还是按照你原来设计做。

范　四　你爸发现怎么办？

电　话　等到他发现，工程已经做了一部分，再返工浪费材料，我爸还不心疼死了，只好按原来的设计往下做。

范　四　（笑）好小子，就你鬼点子多，这么着……好，明子，再见。

范　母　（叹气）老大，（叹气）这老大……老四，你就再生气，顺着你大哥点，那房好歹他们正常住……算了……

范　四　（诡异一笑）行……

　　　　［灯光转换，又隔了一段时间，景同前，范四家，范四和范母坐在沙发上聊天。

范　母　老四，你大哥这么长时间，既不来也不打电话，不知道房子装修怎么样，完工没有……不是我说你，你大哥大嫂那人就那样，你不要计较他们……

范　四　妈，放心，我不会……我倒是怕他们计较咱。

范　母　（一惊）啥？

　　　　［范大双手拎着不少盒子包装的礼品，按门铃。

　　　　［范四开门。

范　四　噢，是大哥呀，快进来，坐！

范　大　（有些不安）老四，我坐不住……

范　四　（紧张）咋了？

范　大　我家那活儿，你和你大侄子够狠的啦！

范　四　狠？啥狠……

范　大　你们叔侄俩"明修陈仓，暗度栈道"。

范　四　大哥，你说倒了——"明修栈道，暗渡陈仓"。

范　大　都一样，你们用孙子兵法瞒海过天……

范　四　大哥，不是孙子兵法，是三十六计里的"瞒天过海"。

范　大　管它是孙子兵法，还是三十六计是什么天什么海，反正你们骗了我！（激动）

范　四　（忙上前，歉意地）大哥，我和明儿做得……大哥，你有些观念得改改，社会发展了，城乡都一样……农家人不是做梦都想和城里一样的生活吗？

范　大　（把盒子、包等礼品）那我谢谢你……

范　四　（忙阻住）大哥，大哥，你这是干啥……千错万错都是我的错……

范　大　老四，兄弟，你没错，是我的错……

　　　　［范母手足无措地在一旁看着兄弟在推让。

范 四	大哥，你别这样……（急）
范 大	老四，你骗得我……
范 四	大哥……（痛苦）送这些、这些东西……不如大哥你打我，我还痛快些……
范 大	（抱住老四）四儿，你骗得好，骗得大哥高兴。
范 四	（紧张）大哥，你、你……你没事吧？
范 大	（高兴）有什么事儿？我好好的！（松开老四）老四，多亏你们这么做……妈，真的，要是按我的意思，才真的要后悔。
范 四	（高兴）哥，你别这一惊一乍的……慢慢地说。
范 大	这几天，我们家可热闹了，来咱家参观的、拍照的、要图纸的多呢，大家都说漂亮、时尚……和城里一样。
范 四	（松了口气，坐椅子上）大哥，大哥……
范 大	老四，老哥这些日子脸上有光啦，人家说咱家装潢得漂亮，我就告诉他们，这是咱家老四设计的，老四想当初你考上大学那会儿，大哥脸上也发光……嘿嘿……（笑）
范 四	（笑）大哥，好，做弟弟没帮出错来就行。
范 大	大哥有件事还要你帮帮。（忙抓着老四的手）
范 四	啊，你说……
范 大	（由笑变急）老四，大哥给你惹麻烦了。
范 四	（惊急）大哥，怎么啦？
范 大	村里人都让我来请你帮他们设计。
范 四	（松口气）大哥，你像说书似的老卖关子。我还以为什么事，行，都是乡里乡亲的，只要他们相信我，我会的，这是好事，这有什么麻烦。
范 大	（为难）大哥确实给你惹麻烦……（看着老四，欲说不说）
范 四	大哥……你，你说。
范 大	我当着大伙的面，拍胸脯保证，让你给他们对半打折优惠……说出去话收不回来，你少收入……都怪哥这张嘴一高兴就……
范 四	大哥，咱家小时候穷，上学那会儿，乡里乡亲没少帮助我。现在城镇化了，大家住公寓，生活提高了，有条件追求美，享受生活。我是学这个专业，生在那，长在那，正好是报答乡亲的时候，我们村的人家我全免费设计。
范 大	（这时范大手机响）喂，陈主任，啊，到了，这么快。噢，7栋5单元402室，好。（挂电话）老四，咱村陈村长，不，现在居委会，陈主任，领着几个乡亲来接你到公寓看看，帮助设计，也来接妈回去看看。（看

着老四)

范　四　（推范大一把）大哥，还愣着干吗？快下去迎人家上来，妈你拿茶叶，
　　　　我拿杯子——迎客人。
　　　　［剧终。

新编历史故事剧

海瑞送礼

王 祥

时　间：明朝嘉靖年间

人　物：海瑞——浙江淳安县知县

　　　　鄢懋卿——钦差大臣，都御史

　　　　典史——海瑞助手

　　　　驿丞——淳安县馆驿官员

　　　　旗牌——鄢懋卿随行人员

　　　　海夫人——海瑞妻子

　　　　鄢妻——鄢懋卿夫人

　　　　鄢懋卿随行差役、淳安县衙皂隶及百姓等若干

[幕启。

[幕后，大锣一阵接一阵，由远而近，响起一个沙哑的声音："……注意了，注意了，钦差大臣、都御史、盐政总巡鄢大人懋卿奉旨出巡江淮，检查盐务，现发布公告，以示天下：鄢大人素性简朴，不喜承迎，凡饮食供账，俱宜简朴为尚，毋得过为奢华，靡费里甲……"

[灯亮，一张告示贴在天幕中央。

[告示前站着驿丞，不断变换姿势看告示。

驿　丞　（摇头晃脑地念告示）"……凡饮食供帐，俱宜简朴为尚，毋得过为奢华……"（转怒）呸！……什么"毋得过为奢华，靡费里甲"……说得比唱还好听。呸！……

[典史上，站在驿丞的后面，见他如此模样忍俊不禁。

典　史　（厉声）你骂谁？

[驿丞被吓得愣在那儿，不敢回头。

驿　丞　我……我没有说谁啊，我说什么来的，（自己打自己一个嘴巴）我这张

44

臭嘴（又打自己一个嘴巴）看我……

[典史忍不住，哈哈大笑。驿丞扭头一看来人，惊异上前。

驿　丞　老兄，你一句话，吓得我一佛出世，二佛升天。（拉他到偏僻处）喂，要是让严嵩的人知道了，这一壶也够我喝的了。（躬身施礼）

典　史　老兄，你这是什么意思？

驿　丞　（又施礼）请救救小弟！

典　史　我可没向严太师那儿告你。

驿　丞　你扯到哪儿去啦？我是说钦差大人出巡的告示，贴到我这馆驿门口了。你说咋办？

典　史　是啊！我也是为这件事来的。钦差大臣鄢懋卿出巡江淮，淳安是必经之地，而你这儿又是淳安的第一站。海瑞大人身为淳安知县，因事关重大，特地让我来到这里察看的。

驿　丞　这鄢懋卿是都察院的都御史，严太师的干儿子，如今朝廷又封他为钦差大臣出巡江淮。我这小小馆驿如何供得起？

典　史　这个嘛……我们只好按朝廷颁布的章程接待了，这出巡告示不是已说得明明白白了吗？

驿　丞　老兄不知是开玩笑。还是在装糊涂，这些告示只是说说而已。

典　史　（想了想）是呀，这姓鄢的钦差大臣，总巡八省盐政，就是严嵩保荐的，能不酬报他吗？想必是借巡查浙江盐务为名，搜刮民脂民膏，再送严嵩父子。

驿　丞　（叹气）就是这样的啦！从扬州过来的人说，鄢懋卿向扬州知府要了四百万两银子，扬州知府就分层摊派下去，结果卖田地卖儿女的都有，没有办法的背井离乡，还有全家老少都上吊自杀的。

典　史　所以呀，海大人为让淳安免蹈扬州之祸，想把姓鄢的先阻在贵驿，然后再想办法，让他绕开淳安，以免除淳安百姓受害。

驿　丞　（惊慌）听说那姓鄢的光是自己和老婆的轿子，都是二十四抬的，另外还有几百人的队伍，我这儿哪能阻挡住啊！

典　史　是呀，海大人知道这件事真难办，这几天他愁得饭吃不下，觉也睡不好，这件事真叫人难办啦！

[一阵马蹄声。由远而近，戛然而止。

[一差役上。

差　役　（施礼）二位大人，钦差大臣的旗牌官到了。

典　史
驿　丞　（一惊）啊！这么快！（对视，紧张）钦差到了？

差　役　旗牌官先行到此。

　　　　　[几名衙役簇拥旗牌官上。旗牌官身旁的衙役喊叫："都察院御史、盐政总巡、钦差大臣鄢大人懋卿麾下旗牌官驾到！"

　　　　　[典史、驿丞施礼："恭迎旗牌大人。"

旗　牌　淳安知县海瑞来了没有？

典　史　海大人公务缠身，先派小的前来迎接大人。

驿　丞　旗牌大人，这是馆驿。请先歇息一下，小的侍候大人。

旗　牌　（恼怒）海瑞不过七品县令，算个什么鸟，为什么不出来迎接我？钦差大臣鄢大人已从杭州向淳安出发，差下官先来通知海瑞作好准备。

衙　役　（冲着典史驿丞）还愣着干什么，还不快领我们旗牌大人，找那姓海的问罪？

旗　牌　慢！（傲慢地）我就在这儿等海瑞。（指着典史）你去叫他立即来见我。

衙　役　（冲着二人）快去摆酒席，为旗牌大人接风洗尘。

驿　丞　（无可奈何地向旗牌施礼）是！马上摆酒。（作揖）请旗牌大人到后面稍事休息。

　　　　　[差役、旗牌下。

典　史　说曹操，曹操到，看这旗牌霸道的样子，你我都应付不了，我立即回县衙禀报海大人。（悄悄下）

　　　　　[驿丞照应驿馆的差役端上饭菜。

　　　　　[旗牌等上，入席。

旗　牌　（看了桌上）这帮该死的东西，拖拖拉拉，好酒好菜，怎么还不送上来？（吼）驿丞！快送上酒菜！

　　　　　[驿丞施礼，指着桌上："大人，菜早已上好！"

旗　牌　（大怒）这种东西也能吃？！

驿　丞　大人，这些都是新鲜的蔬菜。

旗　牌　这也算菜？

驿　丞　平常我们连这些菜也难得吃上一回。

旗　牌　该死的混账东西，你能跟我比？

驿　丞　旗牌大人，这已经是最好的菜了，当然不能和御史家的大厨小厨比了。

众衙役　（上前要打）反了，反了，讨揍。

旗　牌　（忍住）快把这些端下去，另外摆酒菜。

驿　丞　（为难）请大人海涵，这一桌已经比我们海大人吃得好多了。

旗　牌　（勃然大怒）你拿一个芝麻大的七品县令吓唬我不成？我是钦差大臣都察院御史、盐政总巡的旗牌官，你得罪于我，就是得罪钦差大人。活得不耐烦了，是不是？不给你几分颜色看看，你不知道钦差大人的威严！
（手一招）

［众衙役扑上前按住驿丞，就打板子。

旗　牌　先打四十大板，给我狠狠地打，你可知罪吗？

驿　丞　（挣扎）我没有罪。

旗　牌　嘴巴还挺硬的，再打四十大板。等你那位海大人来还要一块儿打。

［海瑞、典史、县衙皂隶等上。

海　瑞　住手，何人在此如此嚣张，殴打朝廷官吏，全部拿下。

［皂隶们将旗牌及其随行人员一应拿下，绑起。

［海瑞走到桌前，这时有皂隶摆好椅子，海瑞坐下。

海　瑞　（一拍桌子）今借馆驿权作公堂，带上来。

旗　牌　姓海的，我是都察院、盐政总巡、钦差大臣鄢懋卿麾下的旗牌官，四品
知府都出来迎接我，你七品知县算什么东西？好大架子，不来接我，还
用猪狗食招待我。

海　瑞　大胆，本县乃堂堂的朝廷命官，你这奴才敢咆哮公堂，谩骂本县，左右
还不替我掌嘴。

［皂隶左右开弓打旗牌耳光。

旗　牌　好，打得好！你们敢对我这样，是有眼不识泰山，钦差大人已从杭州向
这里查巡而来，派我先来传命，让你做好迎接钦差的准备，你如此对待
我，就是对待钦差大人无礼；钦差大人是严太师的干儿子，你这样对待
我，就是对抗严太师。丢了你的乌纱帽还是小事，我看你连性命就怕也
难保，那时再向我哀求，恐怕就来不及了。

［众人闻言生畏，连打板的皂隶也停下来了。

［典史、驿丞对视无语，又转向海瑞欲言，海瑞摆摆手。

海　瑞　（对旗牌）你说你是鄢大人的旗牌官，你该知道这次钦差出巡，三令五
申要沿途府县奉公守法，不许浮华奢侈。你更应该知道朝中严太师多次
夸奖鄢大人清廉、正直，并多次向朝廷举荐。你知道吗？

［旗牌听海瑞说鄢懋卿的好处，有点出乎意料。

旗　牌　（顿变语气）海知县，你既然已经知道朝廷和严太师对我家钦差大人十
分看重，就应立即为我松绑，摆酒宴赔罪才是。

海　瑞　松绑！

［皂隶们上前给旗牌松绑，旗牌活动胳膊，又露出骄横的神态。

旗　牌　摆席！

海　瑞　你不要着急，酒宴总是有的，不过事情总得弄清楚。

旗　牌　海知县，有话请讲。

海　瑞　你一直跟随钦差大人左右？

旗　牌　侍候鄢大人多年。

海　瑞　鄢大人平常讲得最多的话是什么？

旗　牌　为官清正严明。

海　瑞　好，钦差大人这次出巡，对各地府县讲得最多的一句话是什么？

旗　牌　为官清廉，出巡告示上写得明白。

海　瑞　鄢大人说得、写得都很明白，他对你们如何要求？

旗　牌　也是如此。

海　瑞　钦差大人为政清廉，那是世人皆知的喽！

旗　牌　（竟听不出讽刺之意）那还有说的！

海　瑞　（逼视旗牌）钦差大人是清廉严明的大清官，你是他的旗牌。到馆驿来要这要那，还打驿丞板子，这与鄢大人清廉之风，有何相似之处？你自称是钦差大人的旗牌官，谁能相信？

　　　　［旗牌听了海瑞的话，顿感紧张。

旗　牌　这个……这个……那个……

海　瑞　（猛拍桌子，高声怒喝）你是何方游民，竟敢冒充钦差大人的旗牌官，招摇撞骗败坏钦差大人的名声，往严太师脸上抹黑，是受何人指使？从实招来，免受皮肉之苦！

旗　牌　我，我……

海　瑞　给我重打四十大板！

　　　　［皂隶们按住旗牌就打。

　　　　［一个皂隶在一旁数板子一、二、三……

　　　　［旗牌被打得嚎叫。

　　　　［典史、驿丞急得在一旁用袖子擦脑门，两人低声对话。

驿　丞　老兄，海大人一向头脑清楚，办事分毫不差，今天怎么如此糊涂，这个旗牌可是货真价实的，他怎么说是假冒的？这样下去，事情就闹大了。

典　史　（点点头，上前在海瑞耳边低语）大人，你小心谨慎才是，这个旗牌是千真万确的，不是冒牌货，刚才我看了他文件袋里的公文，还有都察院的大印封着呢！

海　瑞　（充耳不闻，反而提高嗓门）大胆冒充旗牌的歹徒，看本县从严发落你。

　　　　［此时跪在一旁的随从，急忙申辩："大人，旗牌大人公文袋里有公文书信，钦差大人盖印时小人就在一旁伺候饮差大人。请大人明察。"

　　　　［海瑞看了公文，轻蔑地一笑，扔在桌上。

海　瑞　（冷笑，厉声）该死的东西，大堂之上，竟敢串通一气，想蒙蔽本县，真是狗胆包天，把你也重打四十大板！

[那个随从被打得哭嚎。

海　瑞　你们这伙不法之徒，竟敢乘钦差出差之机冒充随行人员。到处招摇过市，敲诈勒索，更可恶的是这帮家伙竟敢伪造钦差书信、印章，事情若是传开，岂不是坏了钦差大人的名声？一干人犯全部收押，待本县陈情上报。

皂　隶　是！（押人犯下）

典　史　（上前低语）大人，旗牌是真的。

驿　丞　大人，要说游民冒充官吏假传公文，怕是有这贼心，也没有这贼胆，再说钦差大人就在往淳安的途中……

海　瑞　（一笑）真的、假的，假的、真的，真真假假，假假真真，哈哈哈！

典　史　驿丞（疑惑）大人！……

海　瑞　假作真时真亦假，真作假时假亦真。

驿　丞　他是假的，我这板子白挨了。

典　史　他是真的，你也白挨了！

[海瑞、典史对笑，驿丞摸摸屁股摇头叹息。

驿　丞　（收敛笑容）大人，我挨打事小，要是钦差来了，认出真旗牌来，这事如何收场？

典　史　你把他的人抓了，唉，绑人容易放人可就难呀！

海　瑞　你们二人不必担心，我自有道理。

[一皂隶上。

皂　隶　（施礼）大人，小的已去扬州、杭州打听，钦差这次出巡，公开收贿索要，各地官员，知道他是严太师的红人，得罪不得，努力巴结，争相送贵重礼物。有人做一把黄金夜壶献上，他立即把这个人提升了两级……

海　瑞　无耻之徒！他们来了多少人？

皂　隶　有船三十条，钦差夫妇二十四抬大轿，水陆两路，有几百人，长长的队伍有好几里……

海　瑞　知道了！（挥手）你且退下。

[又一衙役上。

衙　役　禀报大人，钦差大人在杭州巡查。纵容手下胡作非为，老百姓吓得不敢上街，淳安百姓听到这些消息，人心浮动，不少人已经离家出走，躲到别处逃难去了。

海　瑞　（惊）啊！大家快分头劝谕百姓，告诉他们，只要海瑞还有一口气，就不会让钦差从淳安经过！

典　史　大人……

［灯光转换。

［一日后，地点仍为馆驿。

［鄢懋卿一行巡查到此。前呼后拥，鼓乐喧天。

［海瑞穿一身旧衣率典史等人迎接。

海　瑞　淳安知县海瑞等恭迎钦差大人。

鄢懋卿　（傲慢地）哼！……

海　瑞　淳安知县海瑞恭迎钦差大人。

鄢懋卿　（明知故问）你是何人，叫你们知县海瑞前来见我。

海　瑞　下官正是淳安县令海瑞，在此迎接大人多时。

鄢懋卿　（装出不知）你是海瑞海知县吗？怎么像个叫花子。

海　瑞　在下正是海瑞。

鄢懋卿　（突然变得满脸杀气）海瑞，你可知罪？

海　瑞　海瑞自思过错难免，但不知何罪之有？

鄢懋卿　本钦差奉旨出巡，代皇上宣威，你为一县之主，衣着破旧，不堪入目，有失朝廷官体！

海　瑞　钦差大人，海瑞时刻不敢忘记朝廷圣恩，勤勉治县，不敢稍有松懈；至于小人衣着陈旧一点，只要百姓能安居乐业，倒也无妨！

鄢懋卿　放肆，百姓衣食所安，是你一人功劳？

海　瑞　不敢，仰仗朝廷恩威，百姓勤勉。大人此次出巡，已有表率，通令各地供应务必节俭，大人真是爱民如子。

鄢懋卿　（有点不自然，马上又一本正经）为国节流，岂能靡费里甲？本钦差不是早已派旗牌先行宣谕了吗？

海　瑞　（施礼）海瑞早已耳闻，只是未见来人。最近破获一起案子，有关大人声誉，小的不敢声张，特请示大人明示。

鄢懋卿　啊？什么事？（心虚）

海　瑞　带人犯！

［旗牌等一干人犯被带上。

海　瑞　大人，就是这伙游民，竟敢冒充大人先行人员，到处敲诈，招摇过市。大人一向严明清正，岂容这等泼皮玷污？一旦流言蜚语传开来，让朝廷知道，对大人十分不利！尤其可恶的是这伙游民胆敢伪造大人的文书以及都察院的大印，事关大人清白，海瑞不敢自作主张，只能禀明大人处置。

旗　牌　大人，我冤啊，大人快救我……为小人做主……

鄢懋卿　（脸色由红变白，语塞）……该死的东西……嚷什么……带下去，严加
　　　　审讯。

　　　　［旗牌等叫嚷着被带下。

海　瑞　大人，这般歹徒犯上作乱，大人切勿介意，下官已摆水酒一桌，为钦差
　　　　大人和夫人接风洗尘，请！

鄢懋卿　这……请！

　　　　［暗转。

　　　　［舞台分为甲、乙两个表演区。甲区为鄢懋卿在馆驿下榻之处，乙区为
　　　　海瑞县衙住处。

　　　　［甲区灯亮。

鄢　妻　（拎着鄢的耳朵）你这个老杀才，没用的东西，我跟你这种窝囊废一起
　　　　受气……

鄢懋卿　（摸摸耳朵）夫人，小声点，让人听见笑话。

鄢　妻　你怕笑话，我不怕，这姓海的拿这些东西招待我们，简直是打发叫
　　　　花子！

鄢懋卿　夫人，平常我们山珍海味吃腻了，瓜果蔬菜，正好换口味开胃。

鄢　妻　开你个屁胃，山珍海味，我们是吃够了，可这当钦差巡查，这下面招待
　　　　吃的是身份，是位子，是面子，这姓海的哪把我们放在眼里！

鄢懋卿　夫人有所不知，海瑞天生一副寒酸相，他平时荤腥不进口。去年他母亲
　　　　做寿也只买了二斤牛肉。他今天招待我们比他老母做寿丰盛得多，就算
　　　　他是尽了地主之谊。

鄢　妻　瞧你挨打了巴掌还叫好，那他打我们旗牌官，总得治他罪！

鄢懋卿　他打旗牌是查办假冒公差的游民，是维护我的声誉，你要办他罪，总得
　　　　有个罪名呀！

鄢　妻　你是钦差大臣，如今被一个小小的七品县令搞得如此狼狈，我看你这官
　　　　别做了！

鄢懋卿　严太师平日结的冤家不少，临行前他反复要我处处小心，千万不要有把
　　　　柄给人家抓住，所以这事就不要声张了！再说海瑞虽然官卑职小，但满
　　　　朝有口皆碑，要对他报复也不容易。

鄢　妻　（哭状）那我们这亏吃定了，一路上几个心腹，都劝我们不要去淳安，
　　　　你偏要去，改道算了。

鄢懋卿　要改道还不容易，只是这次出京，所到之处都是文武百官像迎圣驾那样
　　　　隆重，如若连一个海瑞都不敢去碰，天下人不要耻笑我吗？

51

鄢　妻　那怎么办？

鄢懋卿　事到如今，只得将计就计顺坡而下，干脆就在淳安地界做得漂亮一点，给他留下一个清廉的印象，将来有谁告我受贿贪赃，也好借海瑞之口替我洗刷一二。

鄢　妻　（一笑）哼，你们这些官油子花花肠子就是多。

[灯暗，乙表演区灯亮。

[海夫人做针线活，海瑞愁眉不展。

海夫人　看你这几天脸色不好，说出来，为妻与你分忧解愁！

海　瑞　钦差派旗牌送公文，在馆驿里要威风，我借故打了旗牌，钦差还谢我维护他的声誉；我用家常饭菜招待他，他夸我为官简朴；本想叫他知难而退，不来淳安，改道而行，未料他顺竿而下，一定要来淳安，我作好准备，接他到县衙来。哎，这可怎么办？

海夫人　（沉思）事已至此，老爷，何不顺水推舟？

海　瑞　顺水推舟？你是说迎他入城？不行！眼下淳安百姓如惊弓之鸟，再说姓鄢的就是不想从淳安捞取什么，我们也承受不起那一行几百人的开销，那样淳安百姓人人都得被剥一层皮。请问夫人，这顺水推舟是何用意？

海夫人　这"顺水推舟"嘛……（递过一个礼盒）

海　瑞　（惊疑）你要我送礼？

海夫人　那就看你送什么样的礼了！

海　瑞　（盯着夫人，突然明白）对！对！我给他送礼！

[海瑞奋笔疾书。

[海夫人频频点头。

[灯暗。

[甲表演区灯亮。

[鄢懋卿手捧礼盒。

鄢懋卿　海瑞给我送礼了，你看……

鄢　妻　哟，这礼盒怎么这样轻？

鄢懋卿　呀？好像是空的……（摇、晃）

鄢　妻　不会吧？（摇）好像有东西。

鄢懋卿　（摸头）这姓海的葫芦里卖的什么药？

鄢　妻　打开不就得了？

鄢懋卿　你打开！

鄢　妻　里面好像是几张纸。

鄢懋卿　你打开！

鄢　　妻	会不会是用纸包着的珍珠、宝石？
鄢懋卿	不可能，他穷得那样，不会。
鄢　　妻	银票？
鄢懋卿	也不会。（小心翼翼地打开）啊，一封信！
鄢　　妻	信？
鄢懋卿	（看信，暴怒）你看他说些什么？

[鄢妻抢过信。

[海瑞画外音："再拜钦差大人，下官拜读大人出巡告示和文书，犹如聆听了大人肺腑之言，然而，下官听说您所到之处，珍馐美味、玉液琼浆，顿顿耗银三四百两，而且连便壶也是金子做成的。这和告示上大相径庭，使我十分为难，若按告示去做，怕怠慢了您……左思右想，实在为难，不知如何接待大人，只好如实禀报，请大人定夺……"

鄢　　妻	（哭）哎呀，这简直是下逐客令！
鄢懋卿	（气得浑身发抖，又无可奈何）姓海的……我是领教你了，咱们走着瞧！来人，传令立即绕道而行，离开淳安这个是非之地。

[灯暗。

[全场灯亮。

[海瑞、典史、驿丞等人躬身送客。

海　　瑞	姓鄢的终于走了。（哈哈大笑）
典　　史	（担心）鄢懋卿岂肯善罢甘休？
海　　瑞	（把乌纱帽托在手上，仰天大笑）以海瑞乌纱换淳安百姓之平安。值！

[灯渐暗。

[大锣声起，衙役喊："注意，注意了，钦差大臣，都御史鄢懋卿出巡江淮，素性简朴，不喜承迎，凡饮食供帐，俱宜简朴为尚，毋得过为奢华，靡费里甲……"

[幕落。

小　戏

一碗红烧肉

王　祥

人　物：老赵——赵顺秋，57 岁，家中排行老三，兄弟中排行老大，大家都称
　　　　他老大
　　　　赵妻——50 多岁，赵顺秋妻子
　　　　赵母——80 多岁，赵顺秋母亲

幕后伴唱：
　　　　　一碗红烧肉，
　　　　　盛满情和愁；
　　　　　情似寒冬春回首，
　　　　　愁的是亲人不回头……
　　　　[伴唱声中灯起。
　　　　[赵家。老赵的相片摆在柜上，相片面前摆着一碗红烧肉。赵妻默默地
看着相片不住擦泪，拿起相片框擦了又擦，看了又看。

赵　妻　（哭）老赵，往年正月里，我们都请亲友吃饭，亲友们都喜欢吃你烧的
　　　　红烧肉，可今年正月初七，你刚煮好红烧肉，出去救人……就再也没回
　　　　来……
　　　　（唱）说至深处泪暗洒，
　　　　　　　老赵啊，你何时才能回这个家？
　　　　　　　往日怕你喝多我常多话，
　　　　　　　今日里陪你一醉方休把家常拉。
　　　　　　　你在那里可寂寞？
　　　　　　　可曾惦记娃和妈？
　　　　　　　我只说你为了工程走得紧，
　　　　　　　又如何骗得了思儿心切的娘亲她！

[电话响，赵妻慌忙接。

赵　妻　喂……儿子啊，什么……你奶奶要从公园回来？不行，你爸去世这事绝
　　　　不能让你奶奶知道，瞒过她这么一段时间再慢慢地让她知道……不是让
　　　　你跟她讲你爸上工程走得急，没来得及跟她老人家打招呼……什么……

[电话：（儿子声）奶奶将信将疑，她说每年正月半爸接她到咱家吃红
烧肉。

赵　妻　儿子，你开车哪怕带奶奶上南通、上海玩都行，说什么不能让奶奶回
　　　　来，人多嘴杂，让你奶奶知道了，她一急有个什么……对得起你爸
　　　　爸吗？

[电话：（儿子声音）妈，奶奶说什么都要来咱家，快到家了！

[赵妻慌忙拾收，把赵的照片藏起来，擦净泪。打开电视，掩盖悲伤的
氛围。此时敲门声响起，赵妻开门，赵母上。

赵　妻　妈，今天是正月半，外面热闹，让你孙子陪你多转转……晚上大姐、二
　　　　姐她们过来大家一起吃饭。

赵　母　老大呢？

赵　妻　（有些慌，很快镇定）妈，不是告诉你顺秋初七那天上工程，人家工程
　　　　要交付，水电赶得急，说去就上车去了，没有来得及……

赵　母　（没发现什么异常，有些失落，又有些理解）唉，老大，以往都是过了
　　　　正月半才出去上工程，想不到今年去得这么早，往年正月半，他总接我
　　　　过来吃红烧肉……

赵　妻　（转过身偷偷擦泪）妈，他呢，人上了工程，您老和大家喜欢吃的红烧
　　　　肉，他走前煮好了放在冰箱里。

赵　母　（叹口气赞许）我家老大就是心细，人虽外出，把大家喜欢吃的红烧肉
　　　　烧好了……

赵　妻　妈，我先去热点红烧肉你吃……妈，你先看看电视，肉热一下马上就
　　　　好。（有些不放心地下）

[赵母看着电视，一会儿赵妻端着一碗红烧肉上。赵母接过碗和筷子吃
起来。

赵　母　老大烧的红烧肉，就是好吃。家里的兄弟姐妹、亲朋好友喜欢吃，在工
　　　　程上工人们喜欢吃……（乐）我吃了很多家饭店的红烧肉，都比不上
　　　　老大烧的……

赵　妻　（有些担心有些难过）妈……你这是有些偏心，尽夸自己儿子。

赵　母　（高兴）不单是我夸，人家都这么说……（突然发现有些不对劲，仔细
　　　　品着嘴里肉）唉，大媳妇……今天我总感觉到这肉有点像老大烧的……

又有点不像……

赵　妻　妈，怎么会呢，冰箱里还有两碗留着晚上请人吃饭的……

赵　母　老大媳妇，我总感到味道有些不对……

赵　妻　（掩饰）妈，是你心里老想老大……想得……

赵　母　大概……有点是吧……

[突然电视里播出新闻：

各位观众，在正月初七的一起交通事故中，"海安好人"赵顺秋因积极施救被困车内的乘客，导致自己突发心肌梗塞去世。这则新闻经多家媒体报道后，一周来在社会引起强烈反响，本台记者又在街头采访了几位市民……

[赵母一下子愣住，筷子掉在地上……颤抖地站起来，甩开赵妻伸来搀扶的手，突然呜咽着哭起来。

赵　母　这是怎么啦？这……不是真的……

赵　妻　（哭）妈……这是真的……谁也想不到……

赵　母　我真傻……你们为什么不告诉我一声……让我再看一看老大……

赵　妻　妈，我们做得有些欠妥当……大家都怕你知道会受不了……

赵　母　（抹泪）……老大媳妇……老大照片……

[赵妻拿出照片递给赵母。

赵　母　（举着照片看了又看，然后默默地放在柜上）顺秋……你是妈的好儿子……！

　　　　（唱）喊一声儿——娘为你哭碎肝胆，

　　　　　　　泪双流好一似雨湿青山！

　　　　　　　原以为正月里团圆相会，

　　　　　　　却不料我的儿一去不还！

　　　　　　　可知道你的娘每日期盼，

　　　　　　　期盼着一家人欢聚开颜。

　　　　　　　问我儿抛下娘于心何忍，

　　　　　　　白发娘如何送黑发儿男？

　　　　　　　这一碗红烧肉你亲手来做，

　　　　　　　温暖在香味存娘却吞咽不安。

　　　　　　　我知你为救人走得匆忙，

　　　　　　　儿啊儿，临出门，你可曾回头再把亲人看一看？

　　　　　　　救人舍己骨铮铮，

　　　　　　　我儿英名扬海安。

情真意切世人敬，

你是赵家好儿男！

儿啊儿，好人一去不回返，

娘亲我，有着你好名相伴不孤单！

赵　妻　妈，你要注意身体……你保重身体……是顺秋他的愿望。这肉你趁热吃吧……

赵　母　难得顺秋孝心一片……从今后我不想再吃红烧肉……我想到顺秋救人的地方看一看……

赵　妻　妈，我陪你……

赵　母　让我孙子陪我……这段日子你累了……（消沉地下）

赵　妻　（哭泣）老赵……老赵。

　　　　[伤心过度，伏案恍惚睡去。

　　　　[幻觉中，老赵上，轻轻地碰了碰妻。

赵　妻　（似不相信）顺秋？是你么……？

老　赵　德娟，我是老大，老大呀……不认识啦?!

赵　妻　老大（一把抓住）真是老大，这些日子你去哪里了……（哭）

老　赵　就是出趟远门……

赵　妻　你好狠心，扔下全家人说走就走，说也不说一声！

老　赵　你也知道当时交通事故那情形，救人心急，我只是多用一把劲。

赵　妻　这一把劲，就扔下80多岁的老娘亲、孩子和我、姐妹们一大家子人……

老　赵　（歉意）哎，其实我……我天天和你们在一起。（笑指相片）

赵　妻　我知道，你想问那些救出的人怎么了。

老　赵　不愧是我的妻子。

赵　妻　都出院回家了。

　　　　[老赵微笑地看着赵妻。

赵　妻　我知道你还想问老娘亲、老岳父、孩子和兄弟姐妹……

老　赵　真是我的妻！

赵　妻　你一直都是这样，外出几天，回来把家里人问个遍。

老　赵　妈，好吗?

赵　妻　妈已知道你的事啦……她为你骄傲……现在她让我们的儿子陪着她到你救人的地方去看看。

老　赵　每年的这个时候，我都把妈接来，吃红烧肉……这以后……

赵　妻　我们这一大家子人，都不再吃红烧肉了……你烧的最后一碗红烧肉，谁

　　　　　也不忍心动筷子，就一直放着……

老　赵　这个我没想到……正月初七那天，我认认真真地烧好了这碗红烧肉……

赵　妻　你还打了家里好多亲人的电话，让他们来吃红烧肉……

　　　　　[场景闪回：老赵烧好红烧肉端到桌上；老赵给家里人打电话；老赵脸上充满喜悦——（这一切都在音乐中进行，人物只见动作，不出台词）突然远处一个激烈的碰撞声音传来，打破音乐的平静。继而呼救声四起……

　　　　　老赵撂下电话，看……

　　　　　老赵解下围裙，就往外冲……

　　　　　赵妻和赵儿急忙出来……

赵　妻　老赵，你要干吗？

老　赵　救人！

赵　儿　爸爸，爸爸，爸爸——你别去！（没有回应）赵顺秋！你自己可也是有心脏病的人……

　　　　　["赵顺秋！你自己可也是有心脏病的人……"一直回荡。

　　　　　[回到此时。

赵　妻　就那样，你头也不回地走了，就再也没回来……

老　赵　儿子关心我心切，那时候，都不喊爸爸了，把我的大名都叫出来了！

赵　妻　就那样，也没把你叫回头！只留下这碗红烧肉在桌上……

　　　　　（唱）这一碗红烧肉呀——

　　　　　　　　尝起来容易，做起来难，

　　　　　　　　一道道工序，丝丝连环。

　　　　　　　　火候不到，味道不鲜，

　　　　　　　　不华不贵，不贱不廉……

　　　　　　　　放在这儿从不敢多看一眼，

　　　　　　　　看一眼就会要泪水涟涟……

　　　　　　　　老赵啊你真狠心——

　　　　　　　　如何人去了还把好处留世间？！

　　　　　　　　老赵啊你真狠心——

　　　　　　　　让亲人思念你从此五味寡淡！

老　赵　孩子娘，老赵走得急，对不住你们了……

赵　妻　（唱）昨天路过一饭店

　　　　　　　　见一对农民工夫妇在吃饭。

　　　　　也点红烧肉一碗，

　　　　　你敬给我，我让给你。

　　　　　浓浓的情深让人羡。

　　　　　我心头涌起悲和酸，

　　　　　泛起涟漪一串串。

　　　　　你我结婚几十年，

　　　　　都是你亲自下厨第一线。

　　　　　高兴的事儿，你做一碗红烧肉来庆贺，

　　　　　烦心的事儿，你做一碗红烧肉来慰安。

　　　　　到如今你我生死两隔情难返，

　　　　　才知道逝去的岁月情如山！

老　赵　你真是我的好妻子。我走了，家里事就全拜托你了……

　　　（唱）娘亲身体多不便，

　　　　　　你替我床前桌边多照应……

赵　妻　我知道！

老　赵　还有你的老父亲……

　　　（唱）也是孤身一人少照应，

　　　　　　你去看他顺带一碗尽孝心。

赵　妻　我知道！

老　赵　还有我大姐。

　　　（唱）家里负担数她重，

　　　　　　你多做一点宽宽她的心……

赵　妻　我知道！

老　赵　（唱）还有我们的小孙女，

　　　　　　和你朝夕来相伴不离身。

赵　妻　（唱）你常说这孩子既乖巧又聪明，

　　　　　　你喜欢红烧肉为她做奖品。

老　赵　德娟，真难为你了！

　　　（唱）今世就只算无缘分，

　　　　　　来生再续夫妻情！

赵　妻　（唱）这话听得人心疼，

　　　　　　遇你好人顺秋是我的幸运。

　　　　　　一碗红烧肉太平常，

　　　　　　却也是持家安定、待人诚恳、

为人所想、乐于奉献来做成！

老　赵　平常人做了一件平常事……德娟，我什么事都交代好了，我也放心了，我走了……

赵　妻　走，你上哪儿去？（上前扯住赵）我们的小孙女还不知道你走了，常常问我们爷爷哪儿去了，好久没见到爷爷，爷爷是不是不喜欢她了。她想吃爷爷烧的红烧肉……

老　赵　我也舍不得你们……

赵　妻　（一把拉住赵）老赵，你别走！

（唱）你别走！你救的乡亲捎上一句问候，

你别走！四方的群众要把你挽留。

你别走！家中的父母怨你走得太久。

你别走！家里的妻儿还盼着你转身回头！

你别走！你还欠我们一碗红烧肉……

你怎忍心啊——

急急离去却把思念在我们心头留！

［老赵慢慢脱开妻子手，与之拥抱，慢慢隐去。

［赵妻怅然若失，看着老赵隐去方向依依挥手；赵母和孙子也站立两旁，挥手同老赵告别。

［一束温暖的光打在那碗红烧肉上。桌上的电视画面中打出八个字：中国好人，好人老赵。

［幕后唱：

一碗红烧肉，

真爱世间留；

情似春风拂杨柳，

好人老赵，感动神州……

［剧终。

微电影文学剧本

爱的脚步

王 祥

1. 一个精致的日记本被打开，扉页上写着：爱的脚步
2. 某县人民医院，医院大门口

行人、车辆进出。

草坪上，不时有病人在护士和戴志愿者标识的人帮助下散步。

花园，座椅上也坐着病人。

门诊大楼内，排队挂号、交费、拿药，各色人等。

在人群中，不时有佩戴着志愿者标识的人往来。

3. 乡下，农户院里

水泥地上晒着小麦。

钱医生在为一位七十多岁的农民看病。

钱医生　老人家，你不是说回家看看，你，你的病没有好，就下田干活，而且是水田。

老　汉　（满脸歉意）钱医生，真对不起，今天是星期天，你没休息，你跑这么远的路，为我义诊。

钱医生　（收拾器械）你要多休息，如果你再这么忙下去，就要影响病情的治疗。

老　汉　（激动）钱医生，我真不知说什么好，谢谢了，帮我看病，还帮我干农活。

4. 社区，一居民楼

室内，一名穿着白衣的女医生在为一名躺在床上的老妇挂水，床旁摆着拐杖和轮椅。

5. 城市，广场上

一条大横幅"县人民医院星期日义务体检"，一排条桌前站满了人，一群穿着白衣、佩戴志愿者标识的医生、护士，为不断前来的人检查。

6. 钱家，晚

门打开，钱医生疲惫地进来。

钱　母　不高兴地迎上去：不是跟你说好，这几天你早点回来，儿子填报志愿，这么大的事……

钱医生　（歉意）这不是回来了吗？

钱　母　（激动得声音高起来）钱医生，钱主任，就你忙，白天工作，节假日做志愿者，到社区，到乡下义诊，可儿子从上学到现在，你这做父亲为儿子做了啥？

钱晓阳　（从房间出来）妈，别这么说爸爸，我说了多少次，生活上你们对我够好的了，学习上你们也帮不上忙，这不，我考试分还可以吧。

钱　母　（一挥手）去你的，白眼狼。（又转对钱医生）钱强，钱主任，我告诉你，儿子报啥专业都行，就是不能报医科类。

钱医生　哎，做一行，怨一行，父母都是希望儿女不再吃自己吃过的苦，其实没必要。

钱　母　（急了）你是医生，我是护士长，各种辛苦，我们还不知道？再说现在医患矛盾……做医生也算是高风险职业。

钱医生　点头又摇头，进了儿子房间。

7. 儿子房间

房间摆满了书。

父子对坐，桌上摆着几本报考指南相关的书。

钱医生　晓阳，爸尊重你的意愿！

钱晓阳　爸，我……想听你的意见……

钱医生　儿子，爸理解你，爸、妈也是过来人，我一直在思虑，不说子承父业，从你的性格，你多体谅你妈。考分、职业特点等方面来说，你报考医科类是比较合适的。

钱晓阳　嗯……我……我也说不清，可妈……

钱医生　（笑对儿子）还有几天，不急，你再想想，爸会尊重你的选择……明天跟爸去医院看看……

8. 医院门诊楼大厅

人员熙熙攘攘，各种声音混在一起。

钱晓阳无聊地看着眼前一切。

突然一对相互搀扶着、农民打扮的老人停在他面前。

老　人　（紧张、有些结巴）相公，（海安方言，对年轻小伙子的称呼）请问内
　　　　科在哪块？

钱晓阳　噢，内科？（搀扶老人来到指示牌前）这是医院就诊示意图，前面六楼。

两位老人感谢，钱晓阳走开。

两位老人无奈地盯着指示牌，无助地摇头，又追上钱晓阳。

老　人　相公，相公……

钱晓阳　老人家，你们怎么不去？

老　人　（吞吞吐吐）不好意思……我们……不识字……

钱晓阳　（一愣）不识字……（领着老人去内科）

钱晓阳刚出来，又遇上一位中年妇女着急地问他："小伙子，肿……肿瘤科在什
么地方，我转了好几转就是找不到！"钱晓阳又领着妇女去肿瘤科。

（画外音）就是那一天，我们为二十几位患者做引导，我才明白医院服务虽然比
较健全，但患者总有一些预想不到的需要，特别是那对不识字的老夫妻，深深地
触动了我们的心……

9. 钱家，钱晓阳房间，晚

父子对坐。

钱医生　（笑）听你这么一说，蛮有收获的……

钱晓阳　爸，我确定了，我所有志愿都报医类。

钱医生　确定……不反悔？！

钱晓阳　不反悔，今天我特别理解你，你总是忙，总是义诊，做志愿者，老爸，
　　　　我支持你。

钱医生　（拍拍儿子）儿子，选择就去做，去做好！我尊重你的选择，不过我要
　　　　告诉你，医生这一行，救死扶伤，人命关天，爱要刻在心上，融入灵魂
　　　　里，不是大道理，是常理。不过，你不要着急做结论，还有几天。

　　　　（画外音）我把那一天的见闻和爸爸谈话写在日记里。

10. 钱家

钱　母　钱强，你搞什么鬼，你把儿子弄到医院做志愿者？

钱医生　儿子的事……最终还是儿子自己定。

钱　母　我看你是想把儿子拉下水。

钱医生　我这不是帮你吗？

钱　母　帮我？笑话……你说说？

钱医生　干医生这一行，个中辛苦，你知我知，大家都知道。你不就是怕他吃不
　　　　了这个苦，承担不了这个责任……我让他去看看，体验体验，好让他知
　　　　难而退！

钱　母　真的？

钱医生　当然，他自己看不上这一行，比你说什么都强。

钱　母　这倒也是！

钱医生　你也可以让儿子到你们科去看看。

11. 县医院，儿科

一个小男孩躺在病床上，一会儿哭，一会儿闹。

旁边的钱母紧张地望着他。

小男孩　（又哭起来）阿姨，我疼！

钱　母　（忙哄着）小明明乖，这吃了药，伤就会好，就会不疼了。

小男孩　阿姨，我想吃酸奶。

钱　母　酸奶？

小男孩　我要吃！（要哭）

钱　母　告诉阿姨，为什么？

小男孩　阿姨，我从来都不曾吃过酸牛奶。

钱　母　（愣愣地望着小男孩，泪涌眼眶）好孩子，你别哭，阿姨给你去买，行
　　　　不行？现在就去。

12. 病房

小男孩，香甜地吸着酸奶。

钱母、钱晓阳看着小男孩，两人对视，钱母低头拿面纸擦泪，钱晓阳眼含泪花。

（画外音）小男孩的故事在医院传开，他无父无母，跟 70 多岁的奶奶生活在一
起。小男孩出院，他生日这一天，钱母和钱晓阳去了他的家。

13. 农村小男孩的家，白天

小男孩、钱母、钱晓阳亲热。

老奶奶在一旁笑着抹泪。

小男骇 谢谢阿姨，谢谢小钱哥哥来看我们。

钱　母 抚摸着小男孩头。

小男骇 阿姨，今天幼儿园手工作业比赛我得了第一。

钱　母 好！（大家为男孩鼓掌）

钱晓阳 明明，你的手工作业呢？"

小男骇 拉着钱母，钱晓阳走近柜前，柜上摆着一位青年农村妇女的相片，相片前摆着一套制作精巧的纸手镯和纸项链。

小男骇 阿姨，这是我献给妈妈的礼物，我妈妈戴着，一定会和其他同学妈妈一样好看。

钱　母 （激动地搂着小男孩）好孩子，好孩子……

老奶奶哭开了。

钱晓阳用手指抹泪。

14. 县医院门口，晚

一辆红色轿车从医院开出，车上钱医生开着车，钱晓阳坐在副驾驶。

钱医生 明天残联和我们医院组织30位残疾人到市里旅游，全程由我们照顾他们。这些残疾人常年在家，没有机会出远门，很少运动，坐长途车，估计他们多半会晕车，我们医院可没这种药，我得赶紧到车站和其他药店去买。

15. 以下是停车，进店，又上车一组画面

16. 市某旅游景点 （不同景点）

钱医生和钱晓阳身上背着几个包，搀着这个，拉着那个。

钱医生和钱晓阳给大家分发面包和矿泉水。

这时人群中一位中年盲人喊起来："我要上厕所。"

旁边一残疾人 你咋弄的，知道今天要出来，昨天就少喝点儿，才跑了几个地方，你一人已经上了六趟厕所，还要……自己不嫌麻烦，给人家添麻烦。

又一个残疾人 大家忍着点，人家医院两个医生照顾我们这么多人，多不容易。

钱医生　不麻烦，谢谢大家！没事儿，有什么要求尽管提，大家难得了来一趟！
　　　　（对着那位盲人）你等一下，我来问一下，厕所在哪儿。

钱医生上前与景点工作人员打听厕所。

钱医生搀着那位盲人上厕所。

17. 一位年纪比较大的男盲人蹲在地上，摸索开包，从里面掏东西。

钱晓阳　老人家，你要拿什么，我帮你！

老盲人　（忙捂住包）不要，不要，你是谁啊？

钱晓阳　我是这次带你们出来的工作人员！

老盲人　对不起，对不起，以为是不认识的人呢！

钱晓阳　你需要我帮你什么？

老盲人　（掏出一只照相机）来前跟我女儿要来照相机，请你帮助我照几张！

钱晓阳　（愣住了，很快反应过来）好，好，我帮你。（接过相机）

老盲人　你要笑话我老瞎子，看不见还拍照片。我就是想在风景美的地方照几张，给自己当个留念，回去给人看，我到过这么美的地方。

钱晓阳　老人家，我来给你照，是我没想到。大家注意了，要拍照的，我给你们每个人都照。

18. 钱晓阳给残疾人拍照的画面

（画外音）那位老盲人带相机，在景点照相的画面，常常在我眼前出现，爱美是人的天性，这次志愿者活动，我感受到医生的爱不仅是在手术室、病房……

19. 钱医生忙着给大家收拾东西

钱晓阳　大家拿好自己的东西，准备上车到下一个景点。

所有人都不动。

钱医生　大家怎么不走？

老盲人　医生，我还想照照片。

钱医生　最美的照片？

老盲人　医生，我想和你们这些志愿者合个影，这一路上，你们尽心照顾我们，比看啥、玩啥都美。

钱医生、钱晓阳感到意外。

钱医生　谢谢！这是我们应该做的。

一组钱家父子与残疾人合影画面。

20. 街边，花店

钱晓阳和一位中年女医生在买花。

营业员将装好的玫瑰花递给中年女医生。

钱晓阳接过花束和中年女医生离开。

钱晓阳 李阿姨，你买这么多玫瑰花干什么？

李医生 上次，我们医院志愿者到某某社区义诊，为社区已婚中青年妇女检查，有六十多位妇女检查出妇科病，今天我们义务为她们上妇科病防治知识讲座。

钱晓阳 买这些玫瑰……又不是相亲约会……

李医生 傻小子，你还是小孩，将来你会懂的。

钱晓阳 李老师，你……发票，发票你还没拿呢！

李医生 我，发票？报销，我自己买的，要啥用？！

钱晓阳 你自己……

21. 某某社区，会议室

会议室前方墙壁上挂着："妇科病防治知识讲座"的会标台下，坐满了一对又一对夫妇。

台上，李医生抑扬顿挫地讲着，电子大屏显示图片。

台下，不时有掌声，不时有妇女有些不好意思地站起来提问。

李医生微笑着解答，一阵阵掌声。

李医生 讲座就讲到这里，我带来了玫瑰，是我个人给大家的一点小意思，祝愿大家健康幸福美满！是夫妻同来的由丈夫领玫瑰献给妻子，是妻子一个人来的，就由我们的志愿者小钱来献花。

台下一下子热闹起来。

丈夫给妻子献花，夫妻拥抱。

妇女们拥着李医生，钱晓阳若有所思，看着眼前。

22. 日记本，翻动着的日记本页码，变成了一个个县医院志愿者各种活动的画面

23. 钱家

钱医生、钱母、钱晓阳坐在电脑前，桌上放着几本报考指南。

钱医生 晓阳，这几天跟着我、你妈和其他叔叔阿姨后面，可有感受？

钱晓阳　有!

钱　母　当医生不容易吧?!

钱晓阳　不容易!

钱　母　这下子填报志愿该知道怎么填了?

钱晓阳　知道!

钱医生、钱母对视又看着儿子。

钱晓阳　那尊重我的选择!?

钱医生、钱母　那当然!

钱晓阳　(打开电脑)爸、妈,你们看!

钱医生、钱母　怎么全是医学院?

钱晓阳　这几天我跟在你们后面当志愿者,我明白了医生的价值。

钱　母　(急了)不行,不行……你总得填个其他专业的保底……钱强,原来你……

钱晓阳　妈,凭我的考分,我相信是取哪个医学院的问题!这医,我学定了!

钱医生赞许地看着,钱母呆呆地望着儿子。

　　　(画外音)

　　　通过几天的志愿者活动,我了解了社会,了解了医生这个行业的特殊性、重要性,更理解了爸爸、妈妈和同事们所做的一切,明白了自己努力的方向。这本"爱的脚步"日记,我将继续写下去。

微电影文学剧本

我 的 誓 言

王　祥

1. 医生赵越家，晨，内景

卧室，床头柜上手机闹钟响了。

熟睡的赵越被惊醒，立即起床穿衣。

被闹醒的赵妻睡眼惺忪地看着手机："还早呢，五点才出头。唉，说好的，今天你送儿子上学，也不需要这么早。"

赵　越　（陪着笑脸）真不好意思，今天我三台手术，约好的大家早点儿去。今天就烦夫人一次。

赵　妻　（不高兴）去你的，你左骗右哄地让我学车，人家驾驶证刚到手，你就给我活儿了！

2. 卫生间

赵　越　飞快地洗漱着。

3. 书房

书桌上放着书、笔记本、电脑、包。

赵　越　拿起包，又放下，拿起桌上摆着的小相框，抽了一张面纸擦了擦又放下，旁边一枚党章。

（特写）相框：中国医学生誓言：

健康所系，性命相托。

当我步入神圣医学学府的时刻，谨庄严宣誓：我志愿献身医学，热爱祖国，忠于人民……

4. 晚上，赵家

赵 越　（拖着疲惫的身躯开门进来，高兴地）我回来了！

　　　　赵妻苦着脸，不吭一声地坐在沙发上。

赵 越　（放下包，坐到妻子旁）怎么了？

　　　　赵妻从口袋里掏出一张纸扔在赵越腿上。

赵 越　呀！罚款单？咋回事？

赵 妻　车子多，我把车停在校门口对面电线杆旁，送儿子进校门，回来时，罚单就贴上了。

赵 越　罚就罚了，算我的！

赵 妻　你的，我的，分家了?!（要拎赵的耳朵）

赵 越　好，你的就是我的，我的就是你的，这罚单钱一定给你补上。

赵 妻　咋补？你说买了车，每天早上你先送儿子上学，后送我上班……你做到了几次？真让人不开心。

赵 越　今天也有让人高兴的事，我三台手术还算顺利；下午，虽然手术五个多小时，结果让人满意。

赵 妻　（气恼）还高兴，成心气人。（嗔怒地一小拳打在赵越后腰上）

赵 越　噢！（痛苦地喊了一声，手按在后腰上）

赵 妻　真不要命，这样下去，你的腰间盘突出越来越严重。（忙把赵越放趴在沙发上，掀开赵的衣服，后腰处缠着治腰的腰带）

　　　　赵妻眼含着泪，抹了几下，给赵按揉着。赵越在妻子的按揉下，睡着了打起呼噜。

　　　　赵妻轻轻地推醒赵。

赵 越　（揉着眼）还真有点累，儿子呢？

赵 妻　你现在才想起问儿子啊，我妈接去了，明天早上她送儿子上学。

赵 越　不好意思憨笑。

赵 妻　（推了他一把）快去洗洗，早点休息，还医生呢！

5. 卧室，半夜

　　　　床头柜上的手机闹钟响。

　　　　熟睡的赵越夫妇被惊醒。

　　　　赵越忙抓起手机，赵妻的手按在赵越的手上。

赵 妻　你不要命，做了一天手术，还要出急诊？关机！

赵 越　（抽出手打开手机）喂……好！好！好！我马上就到！

赵　妻　（抢过手机，关机）不行，哪儿也不许去，睡觉！让他们安排其他人，
　　　　这样下去，你铁打的也要垮了！

赵　越　抢过手机，匆匆出去。

赵　妻　你，你回来，回来！（气得抓起枕头扔过去）

6. 医院，急诊室

　　病人家属，一个中年妇女撕心裂肺地哭着：医生，医生，救救他，我们离不
开他！

　　急诊室办公室，王院长和几个医生在紧张地商量着，赵越焦急地看着大家。

王院长　赵医生，情况就是这样，病人是一农民，病发作时没有及时拨打120，
　　　　找车在路上耗了不少时间，刚才检查诊断，是冠心病，病情危急，命悬
　　　　一线。

赵　越　（急切地望着院长）你是说急诊介入。

赵医生　你是我们院里这方面专家，你看……

赵　越　我……我……

王院长　按照规定，这种状况可以立即转到市人民医院，我们也不需要承担什么
　　　　责任。

赵　越　时间就是生命。

王院长　按理说昨天你做了三台手术，应该让你好好休息。可现在半夜来这么个
　　　　急诊，又是这么状况，只好叫你来，你是这方面权威。

赵　越　其实，大家心里都明白，就是手术如果有一点儿失败怎么办，现在医患
　　　　矛盾的……大家都怕！

另外一个医生　这情况，按规定转医院。

赵　越　病人这情况，转院？恐怕……半年前那位室颤患者，送市医院途中
　　　　就……

　　　　（闪回）半年前，赵医生和几位医护人员送患者去市医院，患者在半途中
　　　　　　去世的情景。

王院长　就是啊！……急需急诊介入。

赵　越　你是说我做这台手术？

王院长　急诊介入，是需要承担风险责任，可能还有一些意外的麻烦。我们院里
　　　　也没有谁做过，大家都有想法。

　　赵越陷入沉思，院长和其他人悄悄地走到办公室外等待。

　　病人家属的哭声。

赵越打开窗子，城市半夜灯火少了，一片寂静。急诊室楼下，120 救护车蓝灯闪
　　烁，待命。

　　（闪回）护送患者转去市医院的情景。

　　赵越心声："是做，还是不做。难啦！"

　　赵越心声："不做，立即转院，你啥事都没有，谁也不能说什么。"

　　赵越心声："那样的话，病人很可能死在半路上，可做，万一手术失败……"

赵　越　医生天职是救死扶伤……（冲出办公室）院长，这手术，我做……

王院长　（满意地点头）放心，万一有什么，我批准的。（上前抓住他的手）我
　　和你一起担这个险。

　　一个医生上前把搭上去：还有我！"还有我！""还有我！""还有我！"……
　　一双双手搭在一起。

7. 手术室

　　病人被推进去。

8. 手术室外

　　手术室门关闭着，上方流动字幕"手术中"。
　　病人家属不安地等待着。

9. 手术室外

　　门打开，赵越医生出来，摘下口罩，满脸汗津。

病人家属　（上前）医生……

赵　越　手术还算顺利，好险！要是再晚点儿，病人就悬了。

病人家属　（激动得泪流满面）谢谢，谢谢医生！

10. 医院，花园道上

王院长　赵医生，要谢谢你，为急诊介入开了个好头。

赵　越　院长，要是真转院，可就真悬！

王院长　医疗需要科学的态度，求实的精神，承担风险的勇气。

赵　越　谁让我们是医生！

　　赵越书房，希波克拉底誓言小牌子。

11. 病房

字幕：一个星期后。

赵越在查看病人的情况。

病人家属悄悄地把赵越拉到门外。

病人家属 赵医生，感谢你的救命之恩。

赵　越 不要谢，这是我们的责任！

病人家属 赵医生，你看我家他的情况……

赵　越 情况好的，再有十天到半个月，估计能出院。

病人家属 （吃惊）十天、半个月？

赵　越 对啊！

病人家属 现在能出院吗？

赵　越 （有些奇怪）不能！

病人家属 都一个星期了，我们拿些药回去也一样。

赵　越 不行……你怎么有这种想法？

病人家属为难不吭声。

赵　越 怎么啦？有什么，对我说。

病人家属 （为难地）我们家底薄，收入又不多，这次来看病的一万多块钱，是把刚收上的小麦、菜籽、卖蚕茧和猪的钱凑起来，本来是还孩子上学借的钱，这不，遇到这场病……再住下去，又要欠下了……

赵越怔住了。

病人家属低头抽泣。

赵　越 你们先安心住下看病，别的不要多想。

12. 病区办公室

医生们纷纷掏出钱放到赵越的手中。

赵　越 谢谢大家的捐款。

13. 病房外

赵　越 （把钱放到病人家属手中）这是我们科医生、护士的一点心意，你先去交上住院费。

病人家属 （泪流满面）谢谢，谢谢！

14. 院长办公室

王院长　小赵，你的想法很好。是啊，有那么多贫困家庭看不起病，我去民政局、慈善总会谈谈我们的想法，为贫困家庭患者争取享慈善减免政策。

赵　越　谢谢院长！

王院长　谢谢我什么？要谢谢你们！你们这一拨子人，都是我亲自招进来的，你们能有今天这样，我开心！不管社会怎么看我们，我们要看自己怎么做，对得起这个职业，对得起自己的良心就行！

15. 病区办公室

赵　越　在翻看资料。

突然门开了，上次看病的病人夫妇进来。

病人家属　赵医生，赵医生！

赵　越　（抬头，站起来惊喜）是你们！快坐，看样子恢复得不错。

病人夫妇　谢谢！今天来复查。

赵　越　（接过病历）不错，恢复得好，回去要多注意休息、保养。

病人家属　（鞠躬）赵医生，好人啊，这次要不是你，咱家当家的完了，咱这个家算完了。你们还捐款捐物给我们，大恩大德……

赵　越　（忙上前搀住他们）我要谢谢你们信任我，在医疗中，什么样的情况都可能出现，社会能理解我们，比啥都强！

病人家属　赵医生，俗话说大恩不言谢，你的恩我们家永远忘不了。（掏出一个信封和锦旗）

病人家属　赵医生，这是我们的一点心意。

赵　越　你们这是干啥，锦旗呢，我们受之有愧，这个信封肯定不行！

病人家属　医生，这点小意思，烦赵医生代我们请大家吃一顿，只是表达我们的心意。

赵越和病人夫妇拉扯着。

病人夫妇扔下东西溜走。

赵　越　唉，你们……

16. 医院，院长办公室

赵医生、王院长、医院纪检书记。

办公桌上摆着锦旗和信封。

李书记　王院长，你看这事这么办，锦旗收下，是对我们医生服务的肯定和鼓励！信封里的四千元钱，就上交。

赵　越　　王院长、李书记，这四千元钱能不能不上交，退给他们，他们肯定不是
　　　　　　行贿，我能理解病者的心意！

　　　　［王院长、李书记低头交谈。

李书记　　赵医生，放心，这事我来处理。

17. 赵越家，晚

　　　　赵越开门进来，放下包，一屁股坐到沙发上。
　　　　赵妻过来不吭一声坐在他身旁，看着赵。

赵　越　　（笑起来）怎么？今天接送儿子又被罚款了?!

赵　妻　　去你的！你希望我罚款?!

赵　越　　辛苦你了！

赵　妻　　我辛苦点没什么，你要注意休息！你看你头上，这两年尽长白发！

赵　越　　老了！

赵　妻　　快去洗洗休息吧，今天难得没有手术做。

18. 赵家卧室

　　　　赵越熟睡的模样。
　　　　突然放在床头柜上的手机响了起来。
　　　　赵越夫妇惊醒，赵抓过手机，赵妻手搭上去不让接，两人争执着。

赵　越　　（抢过手机）好，好，我马上就到。

19. 赵书房

　　　　赵整理衣服，拿起放在桌上的包。
　　　　赵拿着摆在桌上的希波克拉底誓言牌子看了看放下，又拿起旁边的党徽擦了
擦，放在桌子旁边，转身出去。

　　　　［剧终。

微型音乐剧

夏天的选择

於国鑫

时　间：当下
人　物：夏天：男大学生。
　　　　何晓琪：女大学生。
　　　　王聪：夏天的男同学。
　　　　夏为国：夏天的爸爸。
　　　　舞队。

　　　　[一段轻快音乐，舞台灯亮，背景为大学校园。
　　　　[一群快乐的学生冲出校园。
夏　天　我叫夏天。
何晓琪　我叫晓琪。
夏　天　我们来自同一座小城。
何晓琪　念同一所大学。
两　人　今天我们一起，毕业了。
　　　　[开心地舞蹈。
舞者甲　我找到工作了，世界五百强。
舞者乙　我留学签证批下来了，去英国。
舞者丙　我和她要结婚了。
　　　　[夏天、何晓琪走近，拉手。
夏　天　晓琪，我们……
　　　　[何晓琪羞涩地走开。
何晓琪　喜欢在雨天和你打一把伞，
　　　　喜欢你陪着我看海，
　　　　喜欢难过的时候你在身边，

夏　天　　紧紧抱着我让我勇敢。

夏　天　　喜欢和你谈谈我们的未来，
　　　　　喜欢我们甜蜜对白，
　　　　　喜欢你能忍受我的坏习惯，
　　　　　只是笑一笑给我温暖。

两　人　　我喜欢你给的爱，
　　　　　只要有你在我就不孤单。
　　　　　[音乐压低。
　　　　　[何晓琪走到夏天身边。

何晓琪　　我有一个消息告诉你。

夏　天　　我也有一个消息要告诉你。

何晓琪　　你先说。

夏　天　　(唱)：终于要作一个决定，
　　　　　　　　别人怎么说我不理，
　　　　　　　　只要你也一样的肯定。

何晓琪　　夏天，你说吧，我一定支持你。

夏　天　　我找到工作了。
　　　　　[舞者簇拥着欢天喜地地把合同给晓琪，后面舞者配合剧情走位。

何晓琪　　找到工作了？(读) 海港城爱心养老院。你要回老家工作？

夏　天　　(低着头) 还是去养老院工作。对了，你要告诉我什么？
　　　　　[何晓琪掏出两张纸给夏天。

夏　天　　(读) 考研辅导班。

何晓琪　　我给我们俩都报名了。如果你愿意留下考研，今晚教室见。

夏　天　　如果……

何晓琪　　没有其他的如果。你好好想想吧。(下)
　　　　　[舞队里一对情侣争吵。

舞者女　　你选择工作还是选择我？

舞者男　　我可以不选吗？我可以都选吗？

舞者女　　我们分手吧。
　　　　　[女下，男追下。

舞者甲　　毕业是伤情而张扬的告别。

舞者乙　　相思相守的爱恋却让未来变得迷茫。

舞　者　　选择？选择？选择？(舞者的声音重叠反复)
　　　　　[王聪上。

王　聪　夏天，给你。（递上面试通知书）

夏　天　面试通知书——世界五百强？！给我的？

王　聪　前两天他们来学校招聘，你不在，我给也你填了一份报名表。

夏　天　（把通知书还给王聪）你去吧，我找到工作了。

王　聪　你真要回到老家养老院？

夏　天　你怎么知道的？

王　聪　（掩饰）呃，我刚才听到的。难道留在这样的大城市不好吗？

夏　天　小城市也有小城市的好。

王　聪　（白）你听我说。

　　　　（唱）大城市灯火璀璨繁华般太梦幻，

　　　　　　　城里的大企业工作有千万。

　　　　　　　条条高架都宽敞，地铁车站高铁机场，

　　　　　　　联通世界真方便，随随便国外度假休闲。

　　　　　　　演出、展会和商场，大学和公园医院

　　　　　　　（大城市大城市）生活舒适心开怀，

　　　　　　　（大城市大城市）机会遍地有未来，

　　　　　　　（大城市大城市）选好梦想更精彩。

　　　　　　　若回小城再后悔机会不再。

王　聪　（举着面试通知书）去还是不去？

夏　天　不去。

　　　　［王聪和舞者排队依次摸一下他的脑门，转身对他说。

舞者甲　孩子，你发烧了。（东北口音）

舞者乙　这算脑子进水，懂不？（南京口音）

舞者丙　你这是病，得治！（唐山口音）

舞者甲　留下吧，不为灯红酒绿，也为自己的美好未来。

舞者乙　留下吧，不为远大未来，也为自己的爱情还在。

夏　天　我还是想回去。

　　　　［夏为国夹着包。

夏卫国　夏天，我们家堂堂的大学生，怎么像个斗败的公鸡？

夏　天　爸，你怎么来了？

夏卫国　听说你谈了个女朋友，来看看。

夏　天　（低头）爸，我……我……

夏卫国　哟哟哟，怕我骂？上学的时候是不许你谈，这毕业了就要赶紧谈，我想早点抱孙子呢。

夏　天　爸爸，我谈了女朋友。

夏卫国　快喊出来，爸带你们去吃大餐。

夏　天　可我们要分手了。

夏卫国　是不是要在城里买房？放心，爸爸今天把钱带来了。

夏　天　不是，是我要回老家的敬老院上班。

夏卫国　回老家敬老院上班？你！

　　　　（唱）那一年爷爷领你去把学堂念，

　　　　　　　只盼你大学上完工作去上班。

　　　　　　　我起早贪黑开车来挣钱，

　　　　　　　一边苦一边想哇呀呀呀呀，

　　　　　　　光宗耀祖开开心心幸福在眼前。

　　　　　　　难得的工作五百强，

　　　　　　　相爱的姑娘多漂亮，

　　　　　　　同学的好意父母的希望，

　　　　　　　自负的你呀太混账……

　　　　　　　夏天，你小子！

　　　　[夏卫国作势要打夏天，舞者拉开。

　　　　[何晓琪上。

何晓琪　夏天，留下来和我一起考研吧。

夏　天　晓琪，跨进学校大门的第一天，我就决定了一定要回去，考研原本就不是我的计划。

何晓琪　（低声）可我还想读博。

夏　天　回到敬老院是我的理想，考研是你的理想，我们各自实现自己的理想，来，让我们为了各自的理想而击掌。

　　　　[何晓琪没有和他击掌，忧郁地走到一边。

王　聪　夏天，你学的是企业管理，不是养老专业。

夏　天　我用四年时间，课外系统地学习了养老的知识。

王　聪　那你为什么还考英语、练演讲、学乐器。

夏　天　养老不是简单的生活服务，会的更多就能给老人们带去更多。

王　聪　你……（王聪也不理他）

夏卫国　很多的事情不是你想得那么简单，不要想当然。

夏　天　爸，我看书考证学技能，我为这一天准备了四年。

夏卫国　就算你非要去养老院，大城市里的养老院比老家更多、更好。

夏　天　大城市里不缺我。

夏卫国 老家也不需要你。你就安心地留在这里，我回去把老家的房子卖了，我
们一家三口都搬过来，我看那个小城还有什么值得你回去的！

夏　天 小城还有爷爷。

夏卫国 爷爷有姑姑姑父……

夏　天 爷爷为什么还会摔伤，住院半年？

夏卫国 是因为地上的瓷砖上有水，打滑。

夏　天 为什么小小的一个跟头，爷爷要住院半年？

夏卫国 因为爷爷摔倒后两天，才有人发现。

夏　天 房子卖掉之后，小城是什么都没有了，
可是，小城还有爷爷。
还有每一个想留在大城市里的人的爷爷奶奶、外公外婆。
小城已经成了中国最先老去的故乡。

何晓琪 我和你一起回去，为他们养老。

夏卫国 儿子，爸支持你，爸给你买房——在老家。

夏　天 我回去了，回到我的故乡。我在那里等着你们，等你们一起回来，一起
扶着爷爷奶奶、外公外婆去看海，看我们美丽的南黄海，看春暖花开、
幸福常在。

喜剧小品

跟我来跳广场舞

於国鑫

时　间：某天上午
地　点：镇文化站
人　物：小辫：男，文化站副站长
　　　　香香：女，小辫的老婆
　　　　主任：女，镇办公室副主任
　　　　美娜：女，50多岁，广场舞舞蹈队队长
　　　　美娜女儿：女，20岁

　　　　[幕启。
　　　　[灯光：主持人的追光。
　　　　[小辫拿话筒走到台前。
小　辫　尊敬的各位领导，大妈大姨大姐姐们，大家好。今天，我们文化站广场舞大练兵请来了县文化馆的辅导老师，让我们用热烈的掌声……
　　　　[音乐：手机铃声。
　　　　[小辫接电话。
　　　　[全光起，镇文化站活动室布景，小辫边接电话边挑毛笔写标语。
　　　　[香香拿着一把剪刀悄悄来到门外。
小　辫　喂，美娜呀。
美　娜　小辫儿，我十六圈还没打完。
小　辫　那你先把你们广场舞舞蹈队的服装尺寸报过来。
美　娜　报啥？
小　辫　三围呀！
美　娜　什么是三围？
小　辫　三围你都不知道，就是肩膀多宽，腰多粗，屁股多大。

81

美　娜　我让我女儿去量。

小　辫　快点报过来。（挂电话）
　　　　　[小辫挑毛笔写标语。香香进门，揪小辫的小辫。

小　辫　哎哎哎，君子动口不动手。

香　香　说，狐狸精是谁？

小　辫　美娜。

香　香　你还美那、丑呀、挑肥拣瘦呀？（揪小辫）

小　辫　王美娜，陈大炮的老婆，你认识的。

香　香　你给她打电话干吗？

小　辫　老话说，过了十五就算过完年，我想着把牌桌上的老娘们都收收心，来跳广场舞。

香　香　编，你就编。你以为我没听见，你要给她买衣服。

小　辫　是，我是要给她买衣服，不光给她买，只要全镇的哪个女人愿意跟着我，我就给她买衣服。

香　香　反了你！（动手呀打他）

小　辫　（意识到自己说错话了，躲开，解释）不是，是谁愿意跟我跳广场舞，我就给她买跳广场舞的衣服。

香　香　广场舞的衣服呀。

小　辫　你以为呢。你今天来干吗的？

香　香　我给你找了份保安队长的工作，五千一个月。

小　辫　不去。我一个月三千，年终有绩效，收入差不多。

香　香　他们上一天休一天。

小　辫　我上一年休一天是一天。

香　香　今年你休了几天？

小　辫　打正月初一……

香　香　你打正月初一出了门，演出、展览、刷标语、放电影……我跟着你后面过了一个假年。去我二姑妈家拜年，二表姐看我一个人带个孩子，你知道她问我什么吗？

小　辫　这衣服不错，哪买的？你们去年发了多少钱奖金？你俩什么时候打算要二胎？

香　香　不是，她竟然问我是不是离婚了？

小　辫　这个二表姐太过分。你消消气，忙过这阵子，我请假陪你。

香　香　你能陪我干吗？牌都认不全。

小　辫　打牌，打什么牌，你要注意形象，我是文化站长。（扯辫子）

香 香	你不提我还不气。（一推剪刀）你给我剪了！
小 辫	剪……
香 香	把辫子剪了。
小 辫	（松口气）不剪。身体发肤，受之父母……
香 香	你知道他们怎么说你的辫子吗？
小 辫	时尚、流行、艺术家。
香 香	屁大个文化站长，留辫子装大尾巴狼。
小 辫	我是为了工作才留这个小辫的。
香 香	你继续编……
小 辫	你就听我给你编，不，听我说好不好？
香 香	给你一分钟。
小 辫	当初搞广场舞，我东凑西凑凑了 30 个人，排了一个月，就剩下 3 个人。一打听，是他们老公不同意他们来，说我有企图。
香 香	说到底，你是有企图呀。
小 辫	我没有，是别人说我有。
香 香	无风不起浪，说你有可能有，就说明你可能真的有，真的有、有企图的可能。
小 辫	我家里有这么漂亮的老婆不要，我瞎呀。
香 香	万一看多了，看顺眼了呢。
小 辫	你说的也对哦。这都什么呀？你到底听不听我说。
香 香	你说。
小 辫	后来，我把辫子一留，说话偶尔再娘一下，来跳广场舞的人就越来越多了。
香 香	为什么？
小 辫	他们老公觉得，那个文化站长娘们唧唧的，警报解除。
香 香	我怎么听人说，是你看中别人老婆了。
小 辫	原话是这么说的，我看中的是农村每一个家庭闲着没事做的别人的老婆，让她们全部来跳广场舞，带她们跳出全镇、全县，跳到市里、省里去……
香 香	好了，别吹牛了。你发个毒誓我就信你。
小 辫	发毒誓？
香 香	不要不疼不痒，天打五雷轰的起步。
小 辫	你是我亲老婆吗……
香 香	你是不是有鬼？

小　辫　没有。发就发，我对天……

　　　　［手机铃声响。

　　　　［王美娜的女儿用王美娜的手机打来电话。

小　辫　（解释）王美娜，52岁，三代贫农，天天打牌。

香　香　接，免提。

小　辫　喂。

女　儿　（嗲）辫儿哥哥……

香　香　你谁呀？

女　儿　你谁呀？我找我辫儿哥哥。

香　香　你找他干吗？

女　儿　报三围。

　　　　［灯光：闪烁。

　　　　［音乐：打斗音乐。

　　　　［香香追打小辫儿，慢动作打斗，墨汁弄脸上。

　　　　［香香抓着小辫的辫子把小辫摁地上，定型。

美　娜　小辫儿……

香　香　你谁？

美　娜　我王美娜，是弟妹吧，来我们村玩。小辫，刚才我女儿报的尺寸你都记
　　　　下来了吗？

小　辫　没记，你拍了发我手机。（挂电话）

香　香　疼不疼？

小　辫　疼。

香　香　我给你擦擦。

　　　　［香香擦小辫脸上的墨汁。

　　　　［主任上，看见美娜给小辫擦脸，很亲热的样子。连忙打电话。

主　任　领导，屋里是有个女的，还挺亲热的。行，你放心，我给他多找点事，
　　　　让他忙飞起来就没工夫弄广场舞了。

　　　　［主任挂电话，咳嗽进门。

主　任　小辫儿……（认出香香）是弟妹呀。我还以为是别的女的。

香　香　主任，你话里有话。

小　辫　主任，饭可以乱吃，话不能乱讲。

主　任　我以为是广场舞的女队员。你在忙什么？

小　辫　下午广场舞大练兵，马上去布置会场。

主　任　我正式通知你，广场舞大练兵暂停。

小　辫　通知都发下去了。

主　任　镇上有三件新工作交办给你，第一件，富民村的李大妈家的狗被马蜂叮了一口，指名要你带狗去打针；第二件，敬老院的王大爷最近爱上跳迪斯科，你明天开始每天早上到敬老院教迪斯科；第三件事，你马上统计下全镇有多少条狗，把指标控制在 999 只以内。

小　辫　保证完成任务。

香　香　完成任务你个头！主任，你还是让他搞广场舞吧。

主　任　不是不让他搞，主要是你家小辫有问题。

香　香　他怎么了？

主　任　我不能说，说了你家会有家庭矛盾。

小　辫　主任，你就说了吧。

主　任　说了你家万一离婚了怎么办？

小　辫　你说这半截话，不光是要离婚，还要命。

主　任　你让我说的。

小　辫　赶紧说。

主　任　有人举报，说你老公看上别人老婆了。

香　香　嗨，多大个事。

主　任　你老公看上了别人老婆。

香　香　还不只一个。

主　任　你全知道了？

香　香　我批准的。原话是这么说的，他看中了农村每一个家庭闲着没事干的别人的老婆，让她们全部来跳广场舞。

主　任　不是，有人举报，说他看中的是县里一个领导的老婆。

香　香　啊？真的？

小　辫　这是造谣。

　　　　〔灯光：闪烁。

　　　　〔音乐：打斗音乐。

　　　　〔香香追打小辫，打到主任了，主任喊停。

　　　　〔音乐停。

主　任　停！你们眼里还有没有我这个主任？小辫，你把话说清楚。

小　辫　谣言我怎么说也说不清楚！

主　任　我给你点线索，是文化局一个科室领导的老婆。

小　辫　主任，我一个文化站站长，很多工作都要文化局支持呀。

主　任　那个领导的老婆在文化馆工作。

小 辫	我以后还要找文化馆借音响、借设备、借辅导老师。
主 任	对，就是文化馆的女辅导老师。
香 香	说，到底是谁？
小 辫	你让我想想。
香 香	你就编，你当你是个编剧。
小 辫	我想起来了，这事是文化馆编剧牵的线。主任，他们是不是说我看中了文艺科科长的老婆？
主 任	（对香香）他承认了！
香 香	我要找她去。
小 辫	回来。这事是文化局局长和文化馆馆长特批的，她老公文艺科科长点头同意的。
香 香	你给我老实交代。
主 任	有话好好说，到底怎么回事。
小 辫	我们镇上的广场舞一直跳得稀烂，我又没本事教，我听说文艺科科长的老婆跳得不错，一打听，担心请不到。
主 任	为什么？
小 辫	文化局工作忙，文化馆工作也忙，两人常加班，孩子没人带。
主 任	那你怎么请到的？
小 辫	县里开文化站长会议，我站起来哭了：我说，虽然在各界领导的关怀下，文化站要啥有啥，可就是要不到人。你猜怎么了？
香香主任	怎么了？
小 辫	局长说，只要你搞群众文化，缺什么人才我们给什么选什么样的人才，文化馆长说，你看中我们那个辅导老师，我就给你派哪个辅导老师。我说：我看中了文艺科科长的老婆。
主任香香	原来这么回事。
小 辫	主任，她下午就来给我们排广场舞……
主 任	不行不行，事情还没弄清楚。
香 香	不已经说清楚了。
主 任	只有他的片面之词，在没有彻底调查清楚之前，先把主要工作做了，赶紧带狗去打针。
小 辫	好的。
香 香	不许去。国家现在把文化和旅游合并了，就是要让文旅同行，引导农村公共文化建设，激发农村文化产业活力，优化农村旅游环境，让农民有钱、有闲、有文化！

小　辫　说得好！老婆，你什么时候说话这么有水平，像宣传委员。

香　香　你天天回家就给我念叨这些，我都听出老茧了，能不会吗？

主　任　小辫，你还不快点——布置广场舞的会场。

小　辫　好好好。

主　任　小辫，还有个事，你们这个广场舞舞蹈队——我能参加吗？

小　辫　欢迎欢迎，热烈欢迎。

香　香　我也要参加。

小　辫　那我们跳起来吧。

　　　　［音乐：广场舞音乐。

　　　　［三个人跳着广场舞下。

　　　　［剧终。

小　品

人　物　儿

於国鑫

时　　间：当下

地　　点：某出租公司经理办公室

人　　物：李小凤：女，45岁，出租车司机

　　　　　朱建设：男，50岁，出租车公司经理

　　　　　陈欣文：女，30岁，某媒体记者

[起光。办公室布景。朱建设拿着"拾金不昧奖"的大信封侧幕上，走到门前，探头看了一下，关门。

朱建设　　上面还不错，拾金不昧奖励了2 000块，太多了。（扣出1 000放自己兜里，再数出两张）1 000块，有200就够了，剩下的800给记者。（塞一小信封里，嘟囔）哪个佛都得烧香呐。

[朱建设得意地捋捋头发，李小凤凤凤火火地上。

[音效："咣"的推门声。

李小凤　　朱经理。

[李小凤进，朱建设被吓坐下。

朱建设　　（指责，掩饰）你呀，总是凤凤火火的！

李小凤　　找我什么事？

朱建设　　（拿出一个钱包，装模作样样）保卫科送过来的这个钱包是不是你前两天交公司的？

李小凤　　对，就是它。那孙子找到没有？

朱建设　　手往哪比画呢，哪个孙子？

李小凤　　丢包那孙子。

朱建设　　丢包的失主，不是孙子。

李小凤　　拉倒吧。（拿经理桌上的水杯喝水）那俩孙子打上我车不光嘴里不干不

净，还动手动脚，还赖我 69 块打车钱！（越说越气）我呸，臭不要
脸的！

朱建设　过会儿记者来了看别一口一个孙子的。

李小凤　记者来干吗呀？

朱建设　今天是 3 月 5 日，特意来采访你这个拾金不昧的正面人物儿。

李小凤　我就一开出租车的老娘们，什么人物儿不人物儿？（去给自己倒水）

朱建设　你尽管配合记者就行了。

李小凤　经理，丢包的那俩孙子真的一点儿消息都没有？

朱建设　怎么又孙子孙子的，记者来了，你就是个人物儿，你就是公司形象。

李小凤　（喝水）哎，咱们让记者帮着找找？

朱建设　找不找得到，不就 69 块钱嘛。（轻描淡写）

李小凤　不光是钱的事……

朱建设　（烦了）好了，不管找不找得到公司一定会奖励你。

李小凤　奖多少钱？（伸手拿"拾金不昧奖"信封）

朱建设　（挡李小凤）你这个财迷，提到钱眼睛就放光。

李小凤　谁跟钱过不去。（晃晃钱包）想想我就来气，那俩孙子还想对老娘动手
动脚，老娘……

朱建设　（喝止）李小凤！孙子孙子还没完，你又老娘老娘的，过会儿记者来
了，你注意形象！

李小凤　这不记者还没来嘛。

朱建设　记住，你是正面人物儿。

　　　　［陈欣文扛摄像机，背照相机、提示板，拿个带自拍杆的手机上。

朱建设　陈记者，欢迎欢迎。

陈欣文　朱经理，捡钱包的的姐来了吗？

朱建设　这位就是。

李小凤　你好。

陈欣文　（把提示板塞给李小凤）赶紧把稿背一下，过会儿镜头一开，照着说。
（对朱）咱得抓紧录，我还有事。

朱建设　不急，水总得喝一口。

陈欣文　不喝了。（架摄像机）

李小凤　（看见记者的器材，嘀咕）哟，尽是高科技。

朱建设　倒水去。

李小凤　人家不喝。

朱建设　不喝你也给我去倒。

[李小凤去倒水，朱建设掏出信封靠近记者。

朱建设　陈记者，（拿装钱信封捅了捅陈欣文）车马费。

陈欣文　（自然地收红包，指着办公桌前）的姐，就这儿，来拍照。

[朱建设把拾金不昧的大信封做样子递给李小凤，李小凤拿着，摆姿势，拍照。朱建设挤进镜头，陈欣文对他挥挥手。

陈欣文　没你。

[朱建设赖着不走。

李小凤　她说没你。

[推开朱建设，陈欣文拍好照。

朱经理　这照片用哪？

陈欣文　晚报用，题目是《的姐拾金不昧，公司现金奖励》。

朱经理　这题目好！

李小凤　（掏出信封里的钱，晃晃大大的钱包）好什么好，才200块钱。朱经理，公司也太抠了。

朱建设　精神大于物质，你做好事也不是为了钱，对吧？

李小凤　那公司每月收我几千块钱份子钱为什么呀？（拿车钥匙，欲下）

朱建设　回来，还没录像呢。

李小凤　还要录什么？

陈欣文　录条晚间新闻，再录条网络视频。

李小凤　什么网络视频？

陈欣文　拿这自拍机录的视频，录完直接就发网络上。

李小凤　今天晚上能看到吗？

陈欣文　一发完手机上就能看到。

李小凤　好，我看那孙子往哪跑。

[李小凤摸自拍杆。

陈欣文　这个键可不能碰，一碰就发出去了。（拿过自拍机）这个是录的，这个是发的。

[李小凤乱摸，陈欣文把自拍机收一边去了。

李小凤　（看表）抓紧了。一会儿赶上晚高峰大堵车，份子钱都挣不出。

朱建设　（不耐烦）你就知道钱钱钱，背稿去。

[陈欣文调试机器。

李小凤　经理，这采访怎么还背稿呢？

朱建设　你别管，赶紧背吧。

李小凤　我要背得了书，能开出租？

朱建设　忘了词我给你提。

李小凤　可是……

朱建设　一会儿就晚高峰了。

陈欣文　好了没？

朱建设　好了。

　　　　［陈欣文指挥拍摄准备。

陈欣文　欢迎大家收看《新闻现场》，今天为大家报道的是"的姐拾金不昧"的故事。

　　　　（对李小凤）接下来，我问，你照着板子上的稿说。

　　　　（问）说说你捡到钱包时的第一反应。

朱建设　（指提示板）往这看，往这看。

李小凤　（不太熟练）很激动，很惊讶，很犹豫，不知道是该上交还是不上交，毕竟是第一次捡到这么贵重的东西。不对……

陈欣文　哪里不对了？

李小凤　我不是第一次捡到东西，我这是一、二、三…（自己算数）

陈欣文　（对朱建设）你们这事是真的？

朱建设　怎么可能是假的呢！

陈欣文　那好，你说说你捡到钱包时是什么心情？

李小凤　我开心！我开心得不得了。

陈欣文　（引导）你为什么开心？

李小凤　这就叫报应。

陈欣文　（惊讶）报应？

李小凤　两个大男人打车不给钱，满嘴脏话动手动脚，好吧，把钱包丢了吧，这就是现世报！

朱建设　李小凤，你瞎说什么？

李小凤　我没瞎说。

朱建设　你再瞎说，收回你的奖金。

李小凤　行行行，让怎么说怎么说。

陈欣文　那我们还是按稿来录。准备，开始，你有什么想对大家说的？

李小凤　当时我只是觉得自己在做一件很普通的事，找到失主之后，看到失主激动地拿回钱包。不对。

朱建设　怎么又不对了？

李小凤　（惊问）你不是说没找到那俩孙子吗？

朱建设　总会找到的。

91

李小凤　没找到就是没找到。

朱建设　（拍了拍提示板）你就按稿说。

李小凤　那上面全假的，没找到就是没找到。

朱建设　找不到就算了。

李小凤　你不找，我要找到的。

朱建设　你怎么这么犟！

李小凤　他还欠我 69 块钱车钱呢。

朱建设　公司刚刚奖了你 200 块。

李小凤　200 块钱是奖给我拾金不昧的，69 块钱是欠我的车钱，一码归一码。

朱建设　你个财迷，你还真当自己是个人物儿呐。（拍桌子）

　　　　［静场。

陈欣文　（他俩吵架的时候，陈欣文忙着拍钱包的特写，拍完看他们还在吵，冷
　　　　冷地问）还拍不拍了？

朱建设　拍拍拍。

陈欣文　不就一破皮包，折腾……

李小凤　破皮包？这里还有两万多块钱呢。

朱、陈　两万多块钱？

李小凤　对呀。（拿过钱包，掏出钱）保卫科的人没和你说？

朱建设　（接过钱，摸钱）没有呀，我以为这钱包里没什么钱，再说，要是有钱
　　　　的话，你一个财迷……

李小凤　我财迷怎么了？我财迷怎么了？（拿回钱）什么钱该拿，什么钱不该
　　　　拿，我心里明明白白。

　　　　［朱建设、陈欣文下意识摸了摸自己的口袋。

陈欣文　（掩饰）好，好，你还真是个人物儿！（解围）我今天拍了五条捡钱包
　　　　的，总算碰到一个真的。

朱建设　我们这事就是真的。

陈欣文　（看下李小凤，再看眼经理）这条新闻得好好做。

朱建设　好，我们全力配合。

　　　　［陈欣文坐下写提示板内容。

朱建设　李小凤同志，我现在代表公司授予你年度优秀标兵！

李小凤　有奖金吗？

朱建设　至少 500 块。

李小凤　行，那咱们赶紧拍。记者，咱拍吧。（催促）

陈欣文　李姐，你听我说，报道你这么一个大好事，咱们不能着急。

李小凤　　我急，拍完我还得出车，马上晚高峰了……

陈欣文　　好新闻一定要慢慢做，不能急。

朱建设　　对！陈记者，我看咱这新闻能不能这么做，先在这拍李小凤的讲述。

陈欣文　　再找两个人模拟一下乘客坐车的场景。

朱建设　　再去派出所拍报案的镜头。

陈欣文　　派出所一有消息就去后续报道。

朱建设　　好的。

陈欣文　　你们公司要挖掘李小凤从小学初中高中做过的一系列好事，我们要把她做专题片、系列片。

朱建设　　我们公司要给她发奖杯，做雕像。

陈欣文　　她捡到的是 2 万还是 20 万?!（暗示）

朱建设　　（领悟）20 万。

陈欣文　　那这稿得重新写。

朱建设　　重写。

李小凤　　写个屁，你们这不骗人嘛。

陈欣文　　哎——（正色）你怎么能说我们是骗人呢，正面报道是我们一贯坚持的原则。

朱建设　　对对对。

李小凤　　拉倒吧。

朱建设　　添油加醋而已。

陈欣文　　（纠正朱建设）源于生活，高于生活。

李小凤　　经理，我不拍了。

朱建设　　你又怎么了？

李小凤　　几天都出不了车，份子钱挣不出。

朱建设　　你得配合，公司给了你奖金的。

李小凤　　这奖金我不要了。

朱建设　　行，（拿起大信封，掏出钱）拾金不昧这事你赖不掉，又一面锦旗会挂在我的办公室，奖金是你自己不要的。

李小凤　　（抢回钱）我要我要。（把 200 块揣兜里。）

朱建设　　哼，我还治不了你！

李小凤　　我不要还不定归哪孙子呢。

朱建设　　你……

陈欣文　　朱经理，你把稿拿过来我们计划一下。

　　　　　[朱建设拉过陈记者讨论报道。

李小凤 （把记者的自拍杆拿过来，偷偷躲到角落）大家好，我是的姐李小凤，前几天有俩弟兄喝醉了酒坐我的车，满嘴脏话，中途跳车，最后把包落我车上了，如果你俩看到这条新闻，赶紧和我联系。

朱建设 李小凤，你过来。（发现李小凤在干什么）

李小凤 （对自拍）你俩来的时候，记得把欠老娘的 69 块钱车钱带过来，一分不能少，一块也不要多。（下）

朱建设 李小凤，李小凤。（追下）

陈欣文 （气急败坏地冲出来）这是什么人物儿！（追下）

　　[音乐起，一束定点光给打在钱包和提示板上。

　　[音乐渐弱，收光。

小 品

牺　　牲

纪念为了人民作出牺牲的人们！

於国鑫

时　间：当下

地　点：烈士纪念碑前

人　物：邱阿大：村民，85岁，原孤山岛儿童团小车队队长

　　　　高　瑜：村民，26岁，大学生村官

　　　　朱美芳：村民，60岁，拆迁户，女

　　　　徐小雅：村民，26岁，网络主播，美芳女儿。

[幕启，美芳在烈士碑前垒纸箱子，纸箱子堆成一面矮墙，墙半人高，箱子上贴的纸上写着："烈士碑保卫战"。

[小雅举着手机边直播边上。

小　雅　这是狗尾巴花，这是龙须草，这是咱们孤山岛最神圣的地方——九烈士纪念碑。这是我的母上大人……你还记得这九烈士都是哪些人吗？

美　芳　别玩手机了，来搭把手。

小　雅　我网络直播呢。

美　芳　一天到晚直播直播，有这闲工夫，你去给我找个男朋友，结个婚，再生个孩子。

小　雅　（挡了机器，压低嗓门）我在直播呢。几万粉丝看着，不能说生孩子。

美　芳　你要是生了孩子，这次拆迁我们家就能多拿一套房！

小　雅　现在放开二胎了，你自己生。（转身欲下）

美　芳　回来。你直播几万人看着？把机器架上，我也要直播。

小　雅　你别直播，会害我掉粉。

95

美　芳　我给你涨粉！这阵仗（指箱子）一直播，肯定来一堆看热闹的，到时候网友哇哇的，诈到高书记，多要的一套房，肯定还涨粉。

小　雅　你可别乱说。

　　　　[美芳直播。

美　芳　广大的粉条们，我是小雅的妈妈。咱们这被大老板看上了要开发。开发我支持呀，可是他们要拆老房子、拔老街，还要拆这烈士碑，大伙说行不？（对小雅）大伙怎么说？

　　　　[画外音：无良开放商、政府不作为，我们要转发，大家转起来。

小　雅　关注的人越来越多。

　　　　[画外音：美芳姊。

美　芳　高书记来了，你躲后面，我一挥手，就直播，一摆手就关，一摆手就关！

　　　　[高瑜拿着文件夹上。美芳挥手示意开机。

高　瑜　美芳姊，你这干吗呢？

美　芳　烈士碑保卫战。

高　瑜　姊儿，我知道你对拆迁补偿有想法，有什么要求你说，我……

美　芳　（拦话头，对镜头装高大）我朱美芳没啥要求，就是见不着有些人为了政绩，打算把老房子扒了、老街扒了、老祖宗坟扒了，连纪念碑也扒了。

高　瑜　姊儿，这也没外人，这唱的哪一出？你要真没要求，我走了。

　　　　[美芳摆手暗示关机，小雅误会让跟来一起追高瑜。

美　芳　我就要多拿一套房。

高　瑜　你拿完三套房就剩1个平方指标，按政策现金补贴你1万。

美　芳　我不要补贴，我还要一套。

高　瑜　姊儿，拆迁划不划算大家心里都有本账。意见征求不统一，方案就要修正，工期就延后。您就当为了全岛早日通桥做点牺牲。

美　芳　全岛的事，凭什么就牺牲我的利益？

高　瑜　那也不能为了你的利益，牺牲全岛人的利益。

小　雅　（想起机器没关）妈……

美　芳　别说话，不给一套房，补贴10万也行，否则别想拆。

高　瑜　这是民心工程，最后强拆可不划算。

美　芳　（挥手，示意直播）强拆？少吓唬我，你们敢拆我的房，这块碑敢不敢拆？

高　瑜　只要在规划以内的，一切能拆的我们都拆了。

[美芳对着手机说，小雅挡。美芳抢过手机。

美　芳　听听，大伙都听听，九烈士的碑都敢拆！

高　瑜　干吗呢？

美　芳　网络直播，你去看看网友们怎么说你！

　　　　[画外音：你是为了自己的利益！典型的刁民！

小　雅　我忘关了，全直播。呀，我掉粉了！

高　瑜　婶儿，你想好了到村部找我说。

　　　　[邱阿大拎着口袋上。

邱阿大　有话就在这说。

高　瑜　爷爷，您怎么来了？

邱阿大　我来告诉你们一个好消息：不拆了。

高　瑜　爷爷，您之前同意我们拆的。

美　芳　还是专家英明，这英雄的纪念碑怎么能说拆就拆。

邱阿大　你看我这老了，没说清楚。是所有房子一律不拆，只拆纪念碑！

高　瑜　您同意拆纪念碑？

美　芳　凭什么，这些专家糊涂了吧！

邱阿大　（掏出小纸条）工程周期、投资成本、环境保护……还有看不清了。反
　　　　正，拆碑对老百姓最划算。我就替老哥哥们同意了。

美　芳　（拦话题）我家房子还拆不拆？

邱阿大　你昨天找我说什么的？

小　雅　我妈说：虽然这回开发补贴政策不错，可拆祖祖辈辈的老房子，心里堵
　　　　得慌，钱再多也买不回来过去。

邱阿大　我把你这话在会上和专家们一说，专家们更认为保留老民居有历史价
　　　　值，又有人……

高　瑜　人文价值！

邱阿大　对。所以不拆了。

美　芳　我那话……唉！肯定不拆了？

邱阿大　肯定！

美　芳　闺女，撤！

　　　　[邱阿大拿出毛巾擦碑，高瑜上来帮忙，小雅直播，美芳拽着小雅回！

邱阿大　老伙计们，我给你们擦擦，再过几天就得拆了搬家啦！

高　瑜　爷爷，您别激动。

邱阿大　老哥哥们，领导和专家托我给你们带句话：对不起你们了，回头拆的时
　　　　候他们一起来给你们赔不是！对了，我也要搬家了。

美　芳　您搬哪去？

邱阿大　我的房子挨着碑，一起拆了。今天领导们还问我选公寓楼有啥要求，我
　　　　说只能住一楼，有厨房有茅厕就行，大伙都笑了。

美　芳　（翻脸，开直播）大伙给看看这老爷子，他是当年打鬼子的小车队队
　　　　员。老爷子，您这老革命是假，出卖老百姓是真！

高　瑜　婶儿，你怎么这么说话呢！

美　芳　当年牺牲的是他们，这碑就是他们的房子，你把他们的房子拆了自己住
　　　　上新房子，不亏心吗？

邱阿大　我……

高　瑜　爷爷，您别激动。婶儿，这碑是拆了复建，新的纪念碑配套纪念馆规划
　　　　在山脚下最好的位置！

美　芳　再好的位置也没有这块他们当年冲锋的阵地好！

高　瑜　迁到山脚下，以后扫墓、组织活动、参观都会更方便。

美　芳　大伙都听听，扫个墓她还要图方便。

邱阿大　别吵了！

高　瑜　（解释）如果扫墓更方便，就会有更多的人来参观了解烈士的英雄事迹。

邱阿大　公寓楼我不住了，以后住新烈士陵园的传达室，陪老哥哥们！

美　芳　那也不行。您是高风亮节，可您怎么就知道这些死去的烈士同意拆这纪
　　　　念碑？

邱阿大　他们能为老百姓的利益牺牲一回，就能为老百姓的利益再牺牲一回！

美　芳　老爷子，您是您，您不是他们呀。

高　瑜　婶儿，你说想怎么办？

美　芳　按原计划，不拆碑，拆老房子，我们换房住公寓楼。

邱阿大　新计划是拆碑、老房子集体改造成景区、村民还是搬迁公寓楼！

美　芳　拆碑？不拆老房子？我们还能换三套公寓楼？

邱阿大　是，他们给你们让地儿！

美　芳　您早说啊！既然是这样，我同意拆碑！

邱阿大　（被美芳前后的反应气到）我不同意！

美　芳　老爷子，我给您赔不是，千错万错都是我的错，拆了。

高　瑜　老爷子，您消消气，还是拆了。

邱阿大　你说得对！我们都不是他们，我们没有资格说拆就拆？

美　芳　哎哟，您就别赌气了！拆碑好，拆迁少、建设快，时间上也划算！

邱阿大　划算？他们的时间怎么算？我一闭眼，这一张张脸都是小伙子，我老
　　　　了，你们永远年轻着。

高　瑜　　咱不能不算经济账，所有方案这个最经济，无谓的牺牲要不得。

邱阿大　　说来说去都是为了钱，他们的牺牲要不要得了？

美　芳　　你得向着活人，人民的利益大于一切。

邱阿大　　他们就是为了人民的利益牺牲的！不许拆！

高　瑜　　说好的事，就不要再变卦了。

邱阿大　　70 年前，我就和他们说好了。我答应过娃娃排长，只要我一天活着，我就守着老哥哥们的墓，谁都别想拆。

美　芳　　老爷子，你能挡得了一时，还能挡得了一辈子？

邱阿大　　那我就挡一辈子。

美　芳　　这一辈子总有个头。

　　　　　〔静场。

小　雅　　（悄悄）突破 100 万人了。

三　人　　什么？

小　雅　　现在有 100 多万人在线看你们吵架。

美　芳　　快关了！

邱阿大　　别关。我也要直播。我是邱阿大，这里埋着我的 9 位老战友，我答应他们守着这碑一辈子。如今，我老了，我想全城征集守碑志愿者。谁愿意？

　　　　　〔画外音：给多少钱一个月？交五险一金吗？

　　　　　这岛这么偏，谁受得了。

　　　　　这是国家的事，找国家去。

美　芳　　怎么说话呢，抽你！

邱阿大　　你们怎么什么事情开口都是钱钱钱？

　　　　　〔画外音：这年头离了钱还能干啥事！

邱阿大　　当年咱们穷，打鬼子，见了民心，如今咱们富了，修路造桥，也见了人心。这不是拆碑，是拆心呐。拆吧，把这碑拆了，把他们和过去的一切都拆了，就当没有发生过。

　　　　　〔静场。

　　　　　〔画外音：保住这碑要多少钱？

　　　　　我捐款。对，我也捐款。

　　　　　就是，没有什么不是钱不能解决的。

邱阿大　　钱能解决一切吗？钱能帮我们留住记忆吗？我们胜利了，9 位勇士永远守在了这里，在这里守护着人民。人们却渐渐忘记了他们是谁，只知道，这里埋着 9 个人。

小　雅　我记得：李阿兵、余道俊、张广德、肖光、陈老五、朱大、严宪章、穆志祥、阿七公。

　　　　[小雅、美芳、高瑜轮流说出9个人的名字。

邱阿大　你们还记得这些名字？

小　雅　我还记得。

美　芳　我们从来没有忘记过。

高　瑜　这些人名早就记在心里了。

小　雅　爷爷。网络捐款已经有100万了。

美　芳　我那1平方的补偿不要了，我也捐！

邱阿大　你也捐？捐了100万？谁一下子捐了这么多？

小　雅　很多人捐了，每人最多只能捐10块。

邱阿大　一人最多捐10元，100万，就是有10万人捐了？咱岛上都没有10万人。

小　雅　我们全市的人都在关注，不，全国的人都在转发。

邱阿大　全国的人？

三　人　对，全国的人！

　　　　[爷爷背过身。激动。

邱阿大　老哥哥们，孩子们愿意为咱们护着这块碑。他们在捐款，这钱是孩子们一块一块凑起来的，他们没忘了你们。拆！咱们得拆了。当年，为了人民的利益，咱们牺牲了一回；如今，为了人民的利益，咱们再……不，老哥哥们，咱们再……老哥哥们，你们说，这碑咱拆还是不拆？

　　　　[红色的光柱，背景音乐起，冲锋号起，枪声起。

　　　　[剧终。

小　品

一个闺女四个爹

於国鑫

时　间：当下
地　点：单双双家
人　物：双双：女，30 岁，社区工作者
　　　　老单：双双的亲爸，老师，唠唠叨叨，爱喝酒，眼神不好，老婆去世
　　　　老张：双双的邻居，裁缝，人高马大，爱唱戏，听力不好，老婆离婚
　　　　老王：双双的邻居，厨子，偷奸耍滑，爱养花，没有味觉，老婆外地
　　　　老陈：双双的邻居，司机，去世了，不出场
　　　　道具：衣架、沙发、茶几、书柜、饭桌、椅子、轮椅等

　　[幕启。
　　[老单家，客厅连着餐厅。
　　[光启，电视里放着电视剧，收音机放着京剧。
　　[老张不停地调高收音机的声音，摇晃拍打收音机，干扰到老王看电视。
老　王　你就不能把声音调低点？
老　张　你嫌声音低？（调高收音机）你耳朵怎么也不好了。
老　王　你才耳朵不好呐！（调低收音机）我家双双说你多少次，刚配的助听器，听收音机音量不许开太大。（调高电视机新闻声）
老　张　（关电视）我家双双说你多少次了，你眼神不好，少看电视。
老　王　眼神不好的是老单。
老　张　反正我家双双让我盯着你。
老　王　我和你个聋子上哪说理去。
老　张　你骂我聋子。
老　王　嗨，这句你倒是听得清楚。
老　张　今天一定告诉我家双双，你骂我聋子。

101

老　王　那是我家双双。

老　张　是我家双双。

老　王　我家双双。

老　张　我家双双。

　　　　[老单从里屋出。

老　单　吵什么吵，是——我家双双，我的亲闺女！

张　王　我们家双双。

老　单　好好好，你们家双双，合着我这亲爹还不如你俩备胎爹。

老　王　亲爹有啥了不起，双双又不是和你最亲，是吧？

老　张　就是，我俩是备胎爹，你就是个爆胎爹。

老　单　说破天我也是正经八百的亲爹。

老　王　（炫耀）我家双双刚给我买的护腰！

老　张　（炫耀）我家双双刚给我买的助听器！

老　单　我家双双……

老　王　想买个新酒壶想了三个月了……

老　张　都没让买！

老　单　哼！（掏出酒瓶喝酒）

老　王　住嘴！

老　单　亲生闺女都被人抢了，我喝口闷酒总行吧。

老　王　不行，双双让我们盯着你！

老　单　（对老张）你高血糖，今天偷吃了八颗糖，双双让我盯着你！

老　张　（对老王）你高血压，今天早上偷吃咸鱼，双双让我盯着你！

老　王　你偷喝酒！

老　单　你偷吃糖！

老　张　你偷吃鱼！

　　　　三人扯平！

　　　　[老单喝酒。

老　单　我就喝我就喝……

老　王　住嘴。

　　　　[老张举起手机。

老　张　取证！

老　单　（欲哭无泪）好好的家里多两个特务，当初我就不该让你俩来了。

老　张　（赌气）当初我还不想来呢，毕竟不是自己家。

老　王　（跟风）我也是，就怕来了之后吵架。

老　单　那你俩怎么来了。

老　王　在家连个吵架的人都没有。

老　张　关键是双双对我们比亲爹还亲！

老　王　对，双双对我们比亲爹还亲！我家双双……

老　张　我家双双。

张　王　我们家的双双。

老　单　我的双双。

老　王　老单（dan）呐。

老　单　单，shan……

老　张　老单（dan）呐。

老　单　单田芳，单！

老　王　我一厨子，你一教师。

老　张　我一裁缝，你一教师。

老　王　你跟我俩没文化的计较什么呀！

老　单　当年谈恋爱的时候，你俩喊我老单，我最后一个脱单；工作了你每次喊
　　　　我，老单，单位就让我出长差；年纪大了，还喊我老单，把我媳妇都喊
　　　　没了。
　　　　不许喊，一喊就没好事。

老　王　不喊不喊，老单，单田芳的芳！

老　张　是单！

　　　　［老单生气，老王老张哄他，倒茶递水，好一阵哄。

老　王　我俩也不气你了，有个事想和你商量一下。

老　单　啥事。

老　王　老张和你说。

老　张　你说，我嘴笨。

老　王　你说，我要脸。

老　张　你说，我词少。

老　王　你说，我吐口痰。

老　单　啥玩意，一人一句，说。

老　王　呃……你说。

老　张　我俩想把这爸爸让给你！

老　单　把你俩的爸爸让给我？嗨，不就清明多烧两张纸嘛。

老　张　不是我俩的爸爸，（认真）以后让双双不要喊我爸爸了，喊我张伯伯。

老　王　喊我王伯伯。

老　单　老王，怎么了？

老　王　每次，双双叫爸爸都是先叫的我俩，最后才叫你爸爸。

老　单　(愣一下，装大度) 嗨，先叫后叫都是爸爸。

老　张　先叫谁我俩无所谓，外面人看了就会以为双双和你不亲。

老　单　也不是每回都最后一个叫我爸爸。

老　张　每回都一样。

老　单　不可能。

老　张　我算过了，这个星期先叫我爸爸叫了 9 回。

老　王　我也算过了，这个星期先叫我爸爸叫了 10 次。

老　张　你那次不算，双双明明是先叫我爸爸，你抢了答应的。

老　王　本来就是先叫的我，我离得近。

老　张　她是看着我叫的。

老　王　先叫的我。

老　张　先叫的我。

老　单　好了！先叫了我几次？

老　王　一次都没有。

老　张　嗯？

老　张　嗯！

老　单　不可能！不可能每次都先叫你们爸爸！

老　张　真的，你就接受现实吧。

老　王　双双马上就回来，要不我们试试？

老　单　试试就试试。

　　　　[门铃响。三个老人连忙坐好。老张在靠门沙发上，老王坐轮椅居中，老单坐在饭桌前离大门最远。

老　王　谁都不吭声，双双一定以为我们吵架了，肯定得挨训！

老　张　说点什么？

老　单　随便说点，不然我肯定第一个挨骂！

老　王　今天中午吃甜还是吃咸？

老　张　吃甜的。

老　王　你高血糖。

老　单　吃咸的。

老　王　你高血压。

单　张　不甜不咸。

老　王　我没味觉，淡得慌！

[门铃响，老张开门。双双拎着菜进门，老张接了蔬菜，择菜。

双　双　隔着门就听见你们吵。

老　单　没有！

老　张　吵了。

三　人　（互相掩护）没有吵。

双　双　你们三个人高血压、高血脂、高血糖，聊天可以，不要嚷嚷。（对老王）爸，新买的拐杖。

老　王　我这个还能用。

双　双　这是多功能的。

老　王　（接拐，很喜欢，显摆）这还有灯，老单，你试试？

老　单　我用不着。

老　王　（显摆）拍照发朋友圈，给我点赞。

[老张假咳嗽提醒老王别嘚瑟，双双听到。

双　双　（对老张）爸，你又受凉了？

老　张　没，痰多。

双　双　痰多就是受凉，忘穿袜子？

老　张　穿了。（撸裤腿）不穿袜子冻脚，老寒腿好不了。记着呢。

双　双　（掏出护腿）新买的护腿，记得用。

老　张　（喜欢）哦哟，纯羊毛的，澳大利亚羊毛，真漂亮。老单，你试试？（套老单手臂上）

老　单　护腿，不是护肘。

[老王拿拐杖捅老张，老单一直干巴巴坐着。

双　双　怎么有股酒味？（对老单）爸，你又偷偷喝酒了？

老　单　你怎么老怀疑我。他（实际指拐）、他（实际指护腿）、我，凭什么我是怀疑对象？

双　双　（嘀咕）那这酒味哪来的？

老　王　（掩护）我拿酒精摸过嘴。消毒。

老　张　（掩护）我拿白酒擦过腿。活血。

老　单　冤枉我了吧。

[仨老头打配合，双双不拆穿。

双　双　我把菜热一下，马上吃饭。（进厨房）

老　单　饭我煮好了。

[双双画外音：知道了。老单等着双双说声爸。

老　张　刚才先喊的谁？

老　单　先叫的你，再叫的老张，最后，我这"爸"还没了。

老　王　我就说吧，连个爸都没摊上。

老　单　（自己给自己找台阶）也许她按顺序来的。你靠门坐的，你在中间，我坐得离她最远。

老　王　我们换个位置，再试一次。

　　　　［三个老人换位置。

老　王　气氛是有点紧张，说点什么？

老　单　随便说点，挨骂肯定又是我第一个！

老　王　今天中午吃甜还是吃咸？

老　张　吃咸的。

老　王　你说错了。

老　张　我没说错。

老　单　抢了我的词，你要吃甜的。

老　张　双双回来了，我就吃咸的。

老　单　不行，我高血压，还是吃甜的。

老　张　不行，我高血糖。

单　张　行，不甜不咸。

老　王　我没味觉，淡得慌！（嚷嚷）慌慌慌……

　　　　［双双出来拿菜。

双　双　（对老王）只许聊，不要吵。

老　张　（耳背）啥？

双　双　（大声）不要吵！

老　单　你也别吵吵！这么大声，我心脏受不了。（装病讨安慰）

双　双　（没搭老单的话，对老张）爸，你可不能吃甜，除了咱爸（对老王）做菜没办法尝味道的时候，你才能吃口甜的。

老　单　你爸懂了。

双　双　爸，今天这虾还是油爆，做醉虾酒太多。

老　单　不做就不做。

双　双　还闹情绪了，等你血压再下来点，批准你喝点黄酒。

老　单　白酒。

双　双　（翻脸）白水。

老　单　黄酒。

双　双　（笑）准备开饭。（下）

　　　　［双双进厨房。

老　单　　（情绪化）我还真是最后一个。

老　王　　刚才一换，你还是离她最远。

老　单　　我就不信了，咱们再来一次。

　　　　　〔三个老人按照第一次的顺序坐好。

老　王　　气氛真的有点紧张。说点什么？

　　　　　〔台词卡住了。

老　单　　吃甜的。

老　张　　吃咸的。

老　王　　不咸不甜我不吃。

　　　　　〔双双端着菜上。

双　双　　怎么不吃了？闹情绪了？（对老王）爸，这碗虾是水煮的，你肠胃不好
　　　　　吃熟的。（对老张）爸，这碗呛虾酒多，你吃了活血。（对老单）这碗
　　　　　虾酒少，你吃！

老　单　　（情绪）这碗虾酒少，你吃！他俩要吃什么给吃什么，我要吃什么不给
　　　　　吃什么？

双　双　　（愣了，安慰讲道理）王爸爸一说就改，张爸爸一改就对，你屡教不改。

老　单　　（翻脸）我举报。他明明高血压，偷吃咸鱼，他明明高血糖，偷吃糖。

张　王　　他偷喝酒。

双　双　　怎么回事？

老　张　　我吃的咸鱼是去盐的。

老　王　　我吃都是你买的代糖。

老　单　　（一愣，耍赖）我就喝酒了，你想怎么着。

双　双　　（拿走老单有酒的虾碗）你酒超量了，这虾不给你吃了。（端去厨房）

　　　　　〔双双下。

老　单　　你们还是我朋友吗？（越想越气）今天挨骂，我都是最后一个！

老　王　　（对老张，轻声）老张，双双过会儿出来，喊啥我们都别应声。

　　　　　〔双双端着汤出来。

双　双　　爸。（老张装聋、老王装牙疼。老单张张嘴，不懂该不该答应）爸。
　　　　　（没人答应）吃饭了。（还是没人答应）说你们多少次了，不要动不动
　　　　　就闹情绪，要给孩子们树个榜样，你们可都是我的好爸爸。

老　张　　双双，你还是别喊我爸爸了，叫我张伯伯。

老　王　　叫我王伯伯。

老　单　　（看女儿盯着自己，连忙撇清）与我没有关系！

双　双　　怎么回事？

老　张	你每次都先喊我和老王爸爸，最后喊老单爸爸。
双　双	是吗？
老　单	就是。
双　双	先喊后喊重要吗？
张　王	重要。
老　单	（反应过来了）不重要。
双　双	重要！

　　　　〔双双手机响了，婴儿的啼哭，一声，手机不响了。

老　张	你接电话。
双　双	不用接，我和老公约定了的。一声，孩子情况好的，两声，孩子有点闹，三声，我得回家哄孩子。是一声，我可以留在这里多陪陪你们。
老　单	你还是回去吧，我们仨能照顾好自己。
双　双	二爸，三爸，爸，小时候，我是不是院子里最爱哭的那个孩子？
老　王	是，分棒冰你也哭。
老　张	滑滑梯你也哭。
老　单	但凡有个先后的事，你都哭。
双　双	那时候，你们都双职工，每家都出一个人接送。把四个孩子排了大姐、二姐、三妹、四妹，每天排一个爸爸接送。我爸爸总是出差，每回分东西，我怕吃亏，每回先哭。一哭，你们就特别疼我。我最高兴最幸福的就是小时候我有四个爸爸，我的二爸——
老　张	哎。
双　双	三爸。
老　单	哎。
双　双	四爸。
老　王	哎。大爸是谁？
双　双	陈伯伯。
老　张	开车那个，好久不见了。
老　单	去年走了。院子拆了后，我们联系少了，去年听人说他走了，我就想起你俩来，托人一打听：你一厨子，没味觉了，你一裁缝，帕金森了，你说我一教师，跟前没人教育了，一媳妇离婚了，一媳妇去世了，一媳妇跟孩子去外地了，这个社会好像不要我们三个了。你心眼小，我怕你想不开，你心眼多，我怕你看开生死，我缺心眼，跟前没人说话，我怕——那个字（死）。
老　张	我说你怎么想着把我们整一起来住呢。

老　单　双双提议我这么做的。

双　双　咱们是一个院子的，那份情永远在。你们担心我们孤独地长大，我担心你们孤独地变老。

老　王　（缓和气氛）老单，原来是你空虚寂寞冷呀！

老　单　你俩就一直没看出我这点儿心思？

老　王　你以为我俩天天没事吵架闲得慌？

老　单　你俩……嗨。

老　张　我举报，吵架归吵架，双双，他今天骂我聋子的。

老　王　嗨……那是你先关我电视的。

老　张　你先关我收音机的！

老　单　吵什么吵，一点做长辈的样子都没有，不知道孩子忙呀，添乱。

老　张　你还偷喝酒！

老　单　我以后不喝酒了。

双　双　（拿出包里的金属酒壶）这个，我揣包里两个多月了。

老　单　（高兴）我以后喝一次酒向你打一次报告。

双　双　那我以后先叫谁？

老　单　先叫后叫都是爸。

　　　　［双双手机响了，婴儿的啼哭，三声，手机不响了。

双　双　我得回去了。

　　　　［双双拿了包打算出门。

三　老　等等。

三　老　［各自掏东西。

老　张　你爱吃的水果，刚刚洗过了。

老　王　自己做的蛋糕，挡挡饿。

老　单　胖大海泡的茶，记得喝热的。

双　双　（环顾三人）爸。

　　　　［三人都没答应。

双　双　爸！

三　人　（一起）哎。

　　　　［定点，光渐弱。

新编神话木偶短剧

蛇山遇险

周沈兵　颜柏林

时　间：唐僧师徒去西天取经的一天
地　点：传说中的蛇山
人　物：唐僧、孙悟空、猪八戒、沙僧、蛇妖、俩小妖

[幕启，险峻的蛇山，白雾飘忽，阴森瘆人。
[一阵怪笑，蛇怪现身。
蛇　妖　小的们。
俩小妖　来啦来啦，大王，有何吩咐？
蛇　妖　命你二人前去巡山，见到大唐和尚唐三藏，速报我知。
俩小妖　是。
[音乐起，俩小妖踏歌乱舞。
（唱）大王叫我来巡山，
　　　我把蛇山转一转。
　　　打起我的鼓，
　　　敲起我的锣，
　　　生活充满节奏感。
　　　大王叫我来巡山，
　　　抓来唐僧做晚餐，
　　　这山涧的水，
　　　无比的甜，
　　　不羡鸳鸯不羡仙……
小妖甲　别跳啦，别跳啦，你还记得大王叫我们干什么的吗？
小妖乙　知道知道，叫我们去找大糖葫芦，唐山楂。
小妖甲　什么呀，你这小吃货，是找大唐的和尚唐三藏。

小妖乙　哦对对，可我们去哪儿找啊？

　　　　[西游记主题音乐起。

小妖甲　哟，说曹操曹操到，他们来了，他们来了。

小妖乙　哥，我好好害怕呀。

小妖甲　嘘，别出声，赶紧躲起来。

　　　　[俩小妖屁颠儿屁颠儿下场。

　　　　[悟空等上场。

悟　空　师父，此处山高路险，要小心呐。

　　　　[忽隐隐听见有人喊"救命啊""救命啊"……

唐　僧　悟空，好像有人在喊救命。

悟　空　哦？师父，这荒山野岭的，怎么会有人喊救命呢，快走吧。

　　　　[喊声又起："救命啊""救命啊"……

八　戒　师兄，是有人喊救命，好像还是个女的。

悟　空　八成是个妖怪，别理她，咱们快走，（八戒扭头察看）八戒，快走快走。

　　　　[喊声再起："救命""救命啊"……

八　戒　哼，明明是有人喊救命，偏说是妖怪。（嘴里嘟哝着下场）

悟　空　八戒，快走。

　　　　[蛇妖喊着"救命"上场，见悟空他们走远。

蛇　妖　哼，这个死猴子。

小妖乙　（气喘吁吁地跑过来）大王大王，我们发现糖葫芦啦。

小妖甲　别瞎说，禀告大王，唐僧师徒他们来了。

蛇　妖　我知道了，过来。

　　　　[俩小妖凑过去，密谋一番之后。

蛇　妖　变！（眨眼间，蛇妖变作一美貌女子，身旁变出一棵树）来，把我绑
　　　　起来。

俩小妖　啊？哦哦，是。

　　　　[小妖将蛇妖绑在树上。

蛇　妖　打我，快打我。

小妖乙　啊？

小妖甲　啊什么啊，快打啊！

小妖乙　好，呀——嘿。（挥手就是一鞭）

蛇　妖　（被抽疼）哎哟，轻点儿，你不想活啦。

小妖乙　啊，大王饶命。

蛇　妖　快打。

俩小妖 是。

　　[两小妖不停抽打蛇妖，蛇妖假装嘶喊起来。

蛇　妖 哎哟，救命，哎哟……

　　[八戒抽身回来一看，见一"女子"被绑在树上，被俩小妖抽打着喊"救命"。

八　戒 呔，哪里来的妖怪！

俩小妖 啊？（假装被吓跑）

八　戒 哼该死的妖怪，光天化日的，胆儿也太大了（转身对蛇妖）啊呀，好美的美眉呀。

蛇　妖 哥哥，我被妖怪绑住了，快来救我。

八　戒 别怕，我来救你！我来救你！嘿嘿。

　　[八戒替"女子"解开绳索。

蛇　妖 多谢哥哥！

八　戒 不用谢，不用谢，美眉，为何孤身一人被绑于此啊？

蛇　妖 哥哥有所不知，此山有一妖怪，三番五次逼我与他成亲，我不答应，他便将我捆绑于此。

八　戒 哼，该死的妖怪，美眉，别怕，我送你回家。

蛇　妖 那就麻烦哥哥了。（刚走一步，忽然"头晕"，一个趔趄险些摔倒）

八　戒 （忙扶住）美眉，我来背你吧。

蛇　妖 这，那就多谢哥哥了。

八　戒 不用谢，不用谢，快来，快来呀！（背下）

　　[悟空从山石后面探身。

悟　空 这个呆子，哦，哈哈哈。（隐去）

　　[八戒背着蛇妖上。

八　戒 美眉，你家住何方啊？

蛇　妖 不远，就在东山槐树村，猪哥哥，你家住哪里呀？家境如何呀？

八　戒 我家住在云雾岭，人丁兴旺家族盛，家境贫寒兄妹多，我排行老八最年轻。

蛇　妖 你家娘子呢？

八　戒 我无妻无室无儿女，清清白白一光棍儿。

蛇　妖 是吗？那，那只要哥哥不嫌弃，我愿与你——

八　戒 怎么样啊?!

蛇　妖 我愿与你——拜天地。

八　戒 啊!?哈哈哈，美眉与我拜天地，八戒听了心欢喜，不用西天去取经，夫妻恩爱乐无比。

蛇　妖　哟，瞧你说的，说得人家都不好意思了。

八　戒　嘿嘿嘿，美眉……

蛇　妖　（假装忸怩）嗯。

八　戒　老婆……嘿嘿嘿……（蛇妖见八戒上当，得意忘形地露出蛇脸）啊？
　　　　妖怪。

蛇　妖　（瞬间又变成美女模样）妖怪？在哪儿呀？

八　戒　（有些懵）刚才……嗯？我刚才看错了？

蛇　妖　那你再好好看看。

八　戒　嗯，我再好好看看。（蛇妖原形毕露）啊？！妖怪。

蛇　妖　哼，呆和尚，我要吃了你，哈哈哈……小的们——

俩小妖　来啦，来啦。

蛇　妖　把猪八戒给我绑回洞府。

俩小妖　是。

八　戒　猴哥救命啊，猴哥——（八戒被绑，俩小妖推搡着八戒下场）

俩小妖　用劲啊……我知道，这死猪这么重……加油……走……

蛇　妖　（得意万分）哈哈哈哈……来呀。

俩小妖　（上场）来啦来啦。

蛇　妖　等我抓到了唐僧，咱们一起吃唐僧肉。

俩小妖　嗯？唐僧肉？

蛇　妖　吃了唐僧肉啊，能长生不老。

俩小妖　长生不老？哈哈哈……

蛇　妖　哈哈哈……
　　　　〔众妖狂笑之时，悟空飞临。

悟　空　（画外音）哒，老孙来也！
　　　　〔俩小妖仓皇逃走。

蛇　妖　站住，站住！这两个没用的东西，呀——（举起双剑跟悟空打在一起，
　　　　没几下，蛇妖逃走，悟空追了下去）
　　　　〔八戒乘乱挣脱出来，俩小妖从身后偷袭。

小妖乙　啊，嘿。

八　戒　啊哟呵呵。

小妖甲　啊，嘿。

八　戒　原来是你们两个妖怪，呀，嘿。
　　　　〔没几个回合，八戒便将俩小妖打死。

    [悟空和蛇妖复出，蛇妖现出蛇形，裹住悟空，悟空变化成仙鹤大战蛇妖，蛇妖摇身变成一条巨蟒，张开血盆大口将悟空吞进肚里……

八　戒　猴哥，猴哥——

    [悟空在蛇肚里百般折腾，疼得蛇满地打滚……

悟　空　八戒，快，快打她的七寸——

八　戒　呀，嘿！（手起耙落，在巨蟒"七寸"处，将蛇妖斩为两段，悟空飞身跃出）

    [唐僧、沙僧赶到，大吃一惊。

八　戒　该死的妖怪！害我老猪上了你的当，哼。

悟　空　八戒，这就是你的美眉，嘻嘻哈哈……

八　戒　猴哥，我认错还不行吗。

唐　僧　阿弥陀佛，悟空，妖怪已除，赶紧上路吧。

众徒弟　是。

    [音乐中师徒四人再次上路，西行而去。

    [幕落。

    [剧终。

　　＊该剧曾 2019 年 8 月在扬州举办的"广陵杯"全国优秀木偶皮影剧（节）目展演中获得剧目奖和两个优秀表演奖。

新编神话木偶短剧

八仙过海

（根据民间神话传说改编

）

周沈兵

时　间：王母娘娘蟠桃宴那天

地　点：东海边

人　物：八仙：铁拐李、汉钟离、吕洞宾、张果老、曹国舅、韩湘子、蓝采和、何仙姑，东海龙公主，龟丞相等其他水族若干，观音菩萨

[幕启，碧空祥云瑞彩，东海烟波浩渺，阵阵仙乐中，八仙醉醺醺飘然而至。

[吕洞宾现身，打着酒嗝儿，其他道友随后出现。

铁拐李　（酒意朦胧地）洞宾贤弟，这王母娘娘的蟠桃宴上瑶池美酒、百味八珍、玉液琼浆、佳肴异品，是着实了得呀，你看，把你喝得醉醺醺东倒西歪，还不如我铁拐李呢，哈哈哈哈。

吕洞宾　（带着醉意）哈哈哈，想我吕洞宾当年三醉岳阳，人仙皆知，我会不如你？哈哈哈哈，等到了蓬莱仙岛，咱们再喝上几巡如何？

铁拐李　喝就喝，难道我铁拐李还怕你不成（打酒嗝）

[海浪声。

吕洞宾　这东海到了，哎，我说拐李兄，白云仙长邀请我等去东海之滨的蓬莱仙岛共赏牡丹，道友们腾云驾雾那是眨眼就到了，这多没意思啊，啊？

铁拐李　那依你之见呢？

吕洞宾　各位道友用宝物和法术各显神通从这海面上遨游过去，那多有情调，多刺激、多好玩儿啊，诸位以为如何？

众　仙　这，这——

何仙姑　（醉眼惺忪地）道兄，我等各显神通，怕是要惊扰了东海龙宫啊。

吕洞宾　惊扰了又怎么样？难道我们八仙还怕他东海龙王不成。

众　仙　（仗着醉意，七嘴八舌）那是……没错……我们还怕他嘛……我一个人就能搞定……

吕洞宾　还等什么，诸位各显神通吧。

铁拐李　我先来。（将拐杖一扔，拐杖像小船一样漂浮水面，铁拐李踏上拐杖，漂游起来）

汉钟离　看我的。（将芭蕉扇丢到海上，跳将上去，优哉游哉）

何仙姑　哼，这有何难。（将荷花往海里一放，顿时红光四射，仙姑亭亭玉立于荷花中，风姿迷人）

张果老　雕虫小技而已，变。（将"道情"往下一扔，道情载着张果老漂将起来）

曹国舅　这有何难，走起。（将云阳板抛下，云阳板变成扁舟……）

蓝采和　小菜一碟。（将花篮放下，踩上花篮飘然而去）

韩湘子　我的清音笛可不光是能吹曲子哦。（将笛子一抛，刚站上去就漂了起来）

吕洞宾　哎哎，你们等等我呀。（将宝剑一放，刚站上去准备漂走，忽然听到龙公主的吼声）

　　　　[八仙各显神通，逞雄东海，霎时间，万顷东海波涛滚滚、浊浪滔天，东海龙公主带水族匆匆赶来。

龙公主　（年轻气盛）咄，何方妖孽，敢在东海撒野！

吕洞宾　这不是东海龙王的掌上明珠吗？我乃八仙之吕洞宾是也。

龙公主　我不管你们是八仙还是九仙，赶紧滚开，别怪本公主不客气。

　　　　[铁拐李等众仙赶了回来。

铁拐李　哎哟，我说小丫头啊，你真是癞蛤蟆打哈欠——好大的口气呀，告诉你，就是你老子来了，也得敬我们三分。（打酒嗝）

龙公主　噫，你们一个个浑身酒气，醉醺醺地在这里炫弄法术，搅得我们龙宫翻江倒海、地动山摇，整个东海水族惊惶失措，你们该当何罪！

吕洞宾　嘿嘿，卖弄法术怎么啦？炫耀法术怎么啦？我们就是这么任性，又怎么啦？（一个踉跄靠在龙公主身上）有本事，你也来呀。

众　仙　呵呵呵，对呀，有本事你也来呀，来呀。

吕洞宾　你，你们。

何仙姑　别闹啦。龙公主，道友们在蟠桃会上很是尽兴，颇有醉意，不到之处，见谅。诸位道友，我们走吧。

龙公主　哪里走！就这么走啦？休想！我今天非教训你们不可，呀——（挺枪刺

去，跟吕洞宾打在一起）

［水族与众仙混战在一起……

［龙公主化作一条龙，上下翻滚，与八仙鏖战……

［正打得不可开交之时，观音菩萨现身。

观　音　住手，尔等还不赶紧住手。

［众住手，分站两侧，观音来到中间。

［众人见过观音菩萨。

观　音　你们这也太不像话了吧。

龙公主　观音菩萨，他们……

观　音　我都知道了。（转向）八仙……

八　仙　观音菩萨！

观　音　你们借着酒意，炫法胡闹，任性滋事，可知错。

八　仙　我等知错。

观　音　（对龙公主）龙公主你可知错？

龙公主　观音菩萨，我，我何罪之有啊？是他们……

观　音　俗话说，得饶人处且饶人，有理也要让三分。可是你呢，不是得理也饶人，而是得理不饶人，这，就是你的不是啦。现在明白了吗？

龙公主　这，明白了。（对八仙）诸位仙长，得罪！

吕洞宾　我们无礼在先，应该说对不起的是我们。

观　音　好，好，哈哈哈哈。

这正是：

八仙过海显神通，

酒醉任性太放纵，

公主得理不饶人，

年轻气盛来争锋，

冤家宜解不宜结，

人生何处不相逢。

［众应和，造型。

［剧终。

小 品

二嫂争媳

姜冬云

时　间：现在
地　点：村主任家院子
人　物：张嫂：50 岁左右，快人快语，大大咧咧
　　　　王嫂：50 岁左右，争强好胜，不肯让人
　　　　李大哥（以下简称大哥）：50 多岁，不急不慢，挺幽默

　　　　［幕启：村主任家的小院里，李大哥正在摆弄手机。
王　嫂　（急急匆匆上）听说村头张嫂托人到村主任家提亲，这可让我闹心。主
　　　　任这丫头关系着我儿子的事业前程，我呀，得亲自上门。
　　　　［张嫂另一边上。
张　嫂　前天托人去村主任家说媒，主任她爸是哼哼哈哈非常暧昧，今天一定要
　　　　问个清楚，免得心思白费！
　　　　［两嫂在主任门口相撞。
张　嫂　你来了？
王　嫂　你也来了？
二　嫂　（同时）哼！
　　　　［两嫂同时进院——
大　哥　（正与上大学的女儿在"视频"）这玩意儿真不错，还能面对面说话。
　　　　丫头啊，你当上了村主任，可得好好干啊！要为咱村多做贡献！
二　嫂　（同时凑上去，抢话头）主任好！
大　哥　（赶紧揿掉手机）嗨嗨嗨，张嫂、王嫂，你们这是干吗？
二　嫂　（同时指手机）跟我未来的儿媳说说话。
大　哥　谁是你们未来的儿媳？
二　嫂　你的宝贝女儿啊，我们的村主任。

大　哥　我女儿什么时候成了你们的儿媳啦？

张　嫂　（扭扭捏捏地）李大哥，你昨天好像是答应了嘛。

大　哥　我什么时候答应啦？

王　嫂　（学腔）他什么时候答应啦？

张　嫂　他就是答应啦！

王　嫂　他没答应！

张　嫂　答应啦！

王　嫂　没答应！

张　嫂　答应啦！

王　嫂　没答应！

大　哥　哎呀，张嫂、王嫂，你们怎么见面就吵！

张　嫂　李大哥！（掏出锤子晃悠，逼得主任步步后退）你可是村主任的爸，说话可得算数！

王　嫂　（连忙护住主任）你干吗？别伤着咱李大哥！

张　嫂　吆吆吆，老母鸡护小鸡呐？

大　哥　张嫂，你这是干吗啊！有话好好说！

张　嫂　李大哥，您见过法院审案子没？今天你就是法官，（把锤子一递）这就是法官的锤子。你愿意把女儿嫁给哪家，你就用这锤子敲哪个。

大　哥　（接过锤子）敲锤子……

张　嫂　比方说你昨天说看中了我儿子，你就敲我呀！

王　嫂　凭啥呀？要敲也是敲我，是不，李大哥？

张　嫂　敲我！

王　嫂　敲我！

张　嫂　敲我！

王　嫂　敲我！

张　嫂　敲我！

王　嫂　敲我！

大　哥　（两边看了看）嗯，有意思！

二　嫂　你是对谁有意思啊？

大　哥　（故意逗）都有意思！

二　嫂　都有意思？

王　嫂　李大哥，你可不能吃着碗里的看着锅里的。

张　嫂　李大哥，你可不能脚踏两只船啊！

大　哥　怎么说话呢？

二　嫂　那你啥意思？

大　哥　我是说你们俩，有意思。

二　嫂　我们俩？（对看）

大　哥　你们两家都要我丫头给你们当儿媳？

二　嫂　对！

大　哥　（学王嫂的口气）为什么呀？

王　嫂　为什么？李大哥，（学京剧亮相）您听我说！

张　嫂　（一看赶紧掏出手机）李大哥，你看，我儿子天鹏养……

大　哥　狗啊！

　　　　［王嫂忙凑过去看，“噗哧”笑出声来。

张　嫂　养的狗，它可不是一般的狗，是我儿子精心培育的金毛，它要是被训练
　　　　成导盲犬！能带着盲人去学校、去商店、去餐厅、去游乐场；上电梯、
　　　　过人行横道、登公共汽车，甚至火车飞机……这就是我儿子养殖场的金
　　　　牌品种！

大　哥　嗯，好！

张　嫂　（手一伸）李大哥，我儿子优秀吧！那赶快把宝贝女儿敲给我吧！

王　嫂　（一把抢走锤子）敲什么敲！叫咱们村主任跟你儿子去养狗啊？

大　哥　嗨，人家的狗可有社会价值啦！

王　嫂　哎哟，李大哥，就你现在这身份，怎么可以这么经不起花言巧语呢。
　　　　（拿出一张报纸）你看这个！

大　哥　（拿过来一看）一群鸡啊？！

王　嫂　你往下看！

大　哥　（念）热烈祝贺李俊杰同志培育的狼山鸡荣获全省优良鸡种评选金奖。
　　　　哎哟！俊杰这小子厉害嘛！（偷看张）

王　嫂　也就拿了个第一名。

大　哥　了不起！

张　嫂　李大哥，我儿子养的狗啊，还拿到全省名犬大赛特等奖。

大　哥　特等奖？那更了得！（偷看王）

王　嫂　我儿子养鸡的技术还拿过好几项专利！

张　嫂　（急）我儿子还当选县里的青、青、青联委员！

王　嫂　我儿子光去年交税就为国家贡献了好多万！

张　嫂　李大哥！

大　哥　好了好了，你们俩在这儿说得这么热闹，是你们要娶我丫头还是你们儿
　　　　子要娶我丫头啊？

二　嫂　当然是我儿子。

大　哥　那你们的儿子，还有我丫头，他们自己愿意吗？

张　嫂　要说这呀，李大哥，来来来，我正要跟你说个事儿呢。（把主任拉到一边）上个月，村主任到我家来，和我儿子一起研究宠物狗的什么社会价值，哎哟，聊得那个热乎劲儿哟，简直是："树上的鸟儿成双对，绿水青山带笑颜！"（唱黄梅戏）那可真是天生的一对，地造的一双！

王　嫂　（不屑地）李大哥，来，来呀！

大　哥　干什么？

王　嫂　前几天，主任也到我们家来了，为了解决我家狼山鸡的营养均衡问题，她和我儿子一头扎在鸡棚里商量，是不吃不喝，看得我心肝疼哦。（唱越剧）"俊杰是我的手心肉，主任丫头是我的手背肉，手心手背都是肉，老太婆舍不得那两块肉。"哎呦，真是我的好儿媳啊！

大　哥　你们！

二　嫂　我们？我们怎么啦？

大　哥　你们想哪儿去了？人家孩子那都是为了事业！

二　嫂　没错啊，我就是说他们为了事业……

王　嫂　互相帮助。

张　嫂　共同进步。

王　嫂　夫唱妇随。

张　嫂　白头偕老。

王　嫂　嫁鸡随鸡。

张　嫂　嫁狗随狗。

大　哥　你们赶紧走！告诉你们，我丫头到你们家是去考察，不是去谈情说爱的。

二　嫂　我知道！

王　嫂　哎哟，李大哥，老话说成家立业，先成家后立业。

张　嫂　对对对！

　　　　[王嫂瞪张。

王　嫂　（拿出戒指）大哥，我代表我儿子先送上定情之物，这是我刚买的，钻戒！

张　嫂　（抹下玉镯）我也代表我儿子送上定情之物，我家祖传的，和田玉！

王　嫂　（卸下耳环）这好媳妇非要不可！

张　嫂　（卸下项链）这好媳妇必娶无疑！

大　哥　一个针尖、一个麦芒，瞧你们这气势汹汹、互不相让、互相攀比的样

121

子，谁还敢把女儿嫁给你们啊！啊！赶紧收起来！我不吃这一套！

[二嫂不动。

大　哥　赶紧收起来！

张　嫂　原来李大哥不爱财哦！

大　哥　谁说我不爱财？

二　嫂　啊？

大　哥　我爱的是人才的才，像你们家儿子那样的人才！

王　嫂　对呀！男才女貌嘛！

张　嫂　你丫头更讨人喜欢。

大　哥　二位大嫂啊，你们俩的儿子都确实不错。

二　嫂　嗯！

大　哥　但婚姻要看缘分的，儿孙自有儿孙福，这事儿还是让孩子们自己做主。

二　嫂　我们不是着急嘛！

大　哥　那也是瞎着急！你们呀，不要整天胡思乱想、攀关系、走后门，我们要老老实实、勤勤恳恳地做人，脚踏实地地做事，还是把你们的劲头用在养殖场，帮帮你们的儿子。

二　嫂　大哥说得都对！

大　哥　真的？

二　嫂　嗯！

大　哥　好！（各敲二嫂一锤）

二　嫂　（茫然）你这是？

大　哥　你们放心！我丫头一定会一碗水端平，带领乡亲们发家致富，一起奔小康！到时候，二位大嫂可一定要多多支持、多多配合她的工作！

张　嫂　一定支持！

王　嫂　一定配合！

大　哥　好！

三　人　敲！定！

[音乐起；三人舞。

[剧终。

小 品

又是一年七夕节

姜冬云

时　间：现在
地　点：家里客厅
人　物：母亲
　　　　儿子：志强
　　　　儿媳：娟儿

　　［幕启。屋外儿子、儿媳拎着大包小包的上；屋内母亲正整理东西打包。

娟　儿　老公，你快点儿！
志　强　老婆，咱们就出去旅游两天，你买这么多东西啊！
娟　儿　你懂什么呀！旅游景点的东西都特贵。
志　强　嘿，还是我老婆会算计。
娟　儿　这叫会过日子！你懂什么呀！
志　强　呵呵！
娟　儿　今年的七夕节可真好，就在周六。
志　强　老婆，那以后每年的七夕节咱们都出去浪漫一回！
　　　　［娟儿亲志强。
志　强　嗯，舒服！
　　　　（按门铃）
母　亲　来啦！来啦！（开门）
娟　儿　妈！累死我了！妈，宝宝呢？（把东西放桌上，看见包裹）
母　亲　刚睡着！
娟　儿　哟，妈，你这大包小包的逃荒呢？
母　亲　嗨，我要回趟老家。
志　强　回老家？

123

娟　儿　周六？

母　亲　嗯。

娟　儿　坏了！妈回去！宝宝没人照顾，我们的旅游就歇菜了。（轻声对志强）

志　强　那让妈把宝宝带回去？

娟　儿　宝宝回老家水土不服，要生病的，你舍得啊?!

志　强　那怎么办？

娟　儿　妈，您坐！您回家有事儿啊？

母　亲　没事儿！

娟　儿　那你……（志强止住）

志　强　妈，双休日除了在路上你只能在家待一天啊。

母　亲　哪怕就半天，也总能帮你爸干点活。

娟　儿　妈，你在车上颠来跑去多累啊。

母　亲　不累，比起你爸种地，坐车可舒服多了！

志　强　妈，路上车多人多，你一人坐长途车，我们也不放心啊！

母　亲　有什么不放心的啊！

娟　儿　妈！

母　亲　你们这是演二人转呐！

娟　儿　妈，不如等放长假了咱们一起回家，一起看老爸！

母　亲　干活就不用啦！回去看看你们的爸倒是真的。

娟　儿　那等放长假咱们就回。

母　亲　放长假那会儿路上反而车多人多，带着宝宝也不方便，你们要真有这心，这星期六就一起回吧！

娟儿、志强　这……

娟　儿　妈，这说走就走，我们也没准备。

母　亲　不用准备，人回就行！你们歇着，我去做饭。（下）

娟　儿　哎哟喂！没留下妈反倒把咱自己搭进去了！我说你妈没啥事儿回去干吗？哎哟，不会吧？难道他们老两口也要过情人节？

志　强　都多大岁数了，还过什么情人节啊！

娟　儿　就是啊！

　　　　〔手机短信声响起。

志　强　你的短信。

娟　儿　瞧！银行信息来了，旅游费被扣走了，你快让妈这周六别回了，你去，你去。

志　强　哎，娟儿，妈都半年没回了，直说不大好吧？咱得想个好办法让妈

　　　　　留下！

娟　儿　那快想啊！（坐沙发报纸上，抽出报纸，娟儿看到打折广告）

娟　儿　哈哈，天助我也。看！

志　强　（读报）选美大赛模特不慎走光……

娟　儿　往哪儿看？

志　强　（读报）"长假综合症，上班就犯困"，怎么了？

娟　儿　悲哀！看这里！

志　强　（读报）七夕大酬宾，所有商品一律三折。什么意思？

娟　儿　太悲哀了！你能不能有点儿默契！

志　强　（恍悟）你是说周六让妈留下去购物？

娟　儿　你妈多会过日子啊！肯定能留住她。

志　强　高！

娟　儿　妈！妈！快来呀！

　　　　　[母亲上。

母　亲　娟儿，咋了？

志　强　您看！所有商品一律三折！

母　亲　哟，三折，这么便宜！

娟　儿　妈，趁这次打折咱多买点。

母　亲　嗯。

志　强　妈，老家的电视机坏了，买台新的？

母　亲　好，你爸在家连个说话的人都没有。

娟　儿　对了，爸在家经常吃冷饭，咱们再买个微波炉？

母　亲　那得多少钱呐？

娟　儿　您想买啥就买啥！钱我出！

志　强　你听听！

母　亲　行！这些东西我也不懂，这样吧，你们去买我回家！钱我出！（妈下）

娟　儿　我晕！（倒，志强扶住）

志　强　别！咱再想想办法！

娟　儿　唉，有了。（从包里拿出一盒子）

志　强　戒指，这给我妈？不行！这可是给你妈的生日礼物。

娟　儿　管不了那么多了，舍不了孩子套不住狼，舍不得戒指套不住你娘。

志　强　怎么说呢！

娟　儿　啊，不，舍不了戒指留不住你娘！

志　强　我妈不合适。（打手势）

娟　儿　不合适才能留住你妈。你懂什么呀！妈！

　　　　［母亲出。

娟　儿　您看——

母　亲　戒指？

娟　儿　咋样？

　　　　［母亲看了又下。

娟　儿　（拉回妈）妈，这是我和志强特地买给您的七夕节礼物。

母　亲　七夕节礼物？

娟　儿　来，试试。（给戴戒指）真好看！是吧？志强。

志　强　不错！

母　亲　哟！（戒指掉地上）

娟　儿　怎么了？

母　亲　戴不进！

娟　儿　瞧，咱们光顾着挑好看的，没考虑到您手的粗细。

母　亲　退了吧，心意妈领了。

娟　儿　不好退，只能换。

母　亲　这样啊！

娟　儿　啊！

母　亲　那我明天就去换。

娟　儿　不行。明天是星期五，商场规定必须在购买一周内，通过经手卖的营业员才能换，那人是周六的班。

母　亲　怎么又是周六啊！

志　强　对，周六。

母　亲　那可咋办？嗯，只有这样了！

　　　　［两人暗喜母亲不回。

母　亲　我回去让你爸想想办法给撑撑大，我戴上它你爸肯定高兴。

娟儿、志强　什么！

娟　儿　哎哟怎么还回去啊？苍天呀！大地呀！我的妈呀！怎么会是这样啊！（哭腔大喊）

志　强　娟儿！

母　亲　娟儿这是怎么啦？

娟　儿　妈，这周六您能不能不回去啊？

母　亲　怎么，你们要加班？

娟　儿　不加班，我们也要放松放松，我们工作压力有多大，您又不是不知道！

126

　　　　　我们要出去旅游。

母　亲　怎么没听你们提起啊？

娟　儿　那你事先也没跟我们说你要回家啊！

母　亲　噢，原来你们哄我半天就为了这个啊！

志　强　妈，我们不是不好意思张口嘛！

娟　儿　嗯，钱都交了，退不回了。

　　　　[母亲无语，把包裹里的东西往外拿。

志　强　妈！您这是？

母　亲　不回了！

娟　儿　妈，下周六一定让您回去。

母　亲　下周六也不回了！唉！你们以后有事儿就跟妈直说。

志强、娟儿　妈。

母　亲　唉，怎么这么巧啊！

志　强　什么巧？（与娟儿互视）

志　强　是不是家里出事儿了？

娟　儿　爸生病了？

　　　　[妈不理会，自顾理东西。

志　强　妈也有点儿不对劲儿……

娟　儿　嗯！一定有事。快打电话问爸！

　　　　[志强打电话。

志　强　喂！爸，是我志强。

母　亲　哎……

娟　儿　（娟儿凑过去想听，听不清）哎呀，按免提。

　　　　[娟儿按免提。

志　强　爸，您没事儿吧？

电　话　哦，志强啊，我很好。

志　强　爸，您可要跟我说实话啊！

电　话　当然，最近我还把桃园好好整理了一下。

志强、娟儿　桃园？

母　亲　他爸啊，你真的种桃树了？

电　话　哟，志强妈啊，对，你走了没多久，我就种了，本想这次回来给你一个
　　　　惊喜，现在倒提前露馅儿了。

母　亲　你个倔老头，还以为你是小伙子啊，种什么桃树啊！那有多累啊！

电　话　不累，你不是喜欢桃花儿嘛，来年啊，你要几朵我就给你摘几朵！

母　亲　好！

　　　　　[娟儿拉过志强的手。

电　话　我寻思着，要是我先走了，有桃园陪着你，你就不冷清，也不愁吃不愁
　　　　穿啰。

母　亲　（感动）别瞎说！等咱孙子上学了，我就回来陪你，咱们一起守着桃园。

电　话　好。

母　亲　哦，他爸，这周六我就不回了。

电　话　啊？（要有停顿）不回了呀！

母　亲　唉！

电　话　也好，让孩子们好好休息，你一人坐车我也不放心！你那老寒腿，要注
　　　　意保暖！

母　亲　知道啦！你别也忘了吃药。

电　话　知道了。

母　亲　下地带壶水。

电　话　知道了。

母　亲　给自己做点好吃的。

电　话　知道了。

母　亲　好了好了，不说了，长途电话贵，挂吧！（哽咽）

　　　　　[母亲急挂电话。

娟　儿　妈！

母　亲　妈唠叨吧。

娟　儿　妈，想我爸了吧？

母　亲　说实话真想他了。春节在家过年的时候，你们的爸说，现在我俩就像天
　　　　上的牛郎织女，一年就见上一回，我开玩笑说，那今年七月初七正好周
　　　　六咱们就会会，可把他乐坏了，所以……（有些不好意思）

志　强　妈！你应该早点告诉我们啊！

母　亲　这都是我们老夫老妻之间的事儿啰。

娟　儿　我们怎么没有想到啊！妈，志强，现在，我要宣布一个重要决定。

志　强　决定？

娟　儿　对，本周六咱们一起回家！

儿　子　真的？

娟　儿　我像撒谎的人吗？

　　　　　[志强亲娟儿。

娟　儿　讨厌！

母　亲　那旅游费打水漂了!

娟　儿　妈,咱有好的身体还怕没钱赚呐!

母　亲　好!这个周六,咱们一起回家。

志强、娟儿　回家过情人节!

　　　　〔母亲在中间,三人开心拥抱。音乐高潮。

　　　　〔剧终。

小品

不再陌生的邻居

姜冬云

时　间：现在
地　点：家里
人　物：儿子：鹏飞
　　　　儿媳：玲玲（孕妇）
　　　　母亲

　　[幕启。玲玲坐沙发看杂志，鹏飞端水果上。
鹏　飞　水果来啰，妈呢？
玲　玲　广场舞呗！
鹏　飞　好，那咱们吃起来！（喂水果）
玲　玲　宝宝，咱们吃水果啰。老公，累了吧？
鹏　飞　不累！看到你和宝宝，我就开心！
玲　玲　老公，我都快生了，可咱妈还老往外跑。
鹏　飞　不就跳个广场舞嘛。
玲　玲　对，也就跟那老王跳个广场舞！
鹏　飞　老王？
玲　玲　嗯！现在是咱妈的舞伴儿，将来成老伴儿！
鹏　飞　跳个舞就成老伴儿啦，亏你想得出来！（喂水果）
玲　玲　咱妈现在是晚饭一吃，锅碗一扔，老王的电话一闹，她拔腿就跑，这爱
　　　　情的种子已经发芽了。
鹏　飞　老王经常来电话？
玲　玲　嗯，反正咱妈的电话比我还多。
鹏　飞　哎，这老王住哪一楼啊？（若有所思，喂水果，偏）
玲　玲　我正想问你呢。哎哎哎！还让不让吃啦！

鹏　飞　吃吃吃！

玲　玲　妈整天也不知在忙啥？家里待不住。

鹏　飞　总归有事情！

玲　玲　她刚进城不久，人生地不熟，能有啥事儿？再说了，有什么比孙子还重要的？是不，宝宝？

鹏　飞　那老王会是多大年纪？人品咋样？

玲　玲　有没有房子、车子、票子？

鹏　飞　嘿，想什么呢！

玲　玲　我这不顺着你的思路嘛！

鹏　飞　只要人品好、身体好就行！

玲　玲　蔡鹏飞同志，你可真高大上，过日子要现实！

鹏　飞　咱们别瞎琢磨了！现在最重要的是咱宝宝，只要妈开心，随她！

玲　玲　怎么可以随她呢？万一这老王啥都没有，你不会希望咱妈回农村种地卖菜养活老王吧？嘿！咋这么别扭！

鹏　飞　你呀，八字还没一撇呢！

　　　　[电话铃声起。

玲　玲　接！

鹏　飞　喂！

　　　　[画外音：蔡大妈吗？

鹏　飞　我妈不在家，您是？

　　　　[画外音：我是李嫂。

鹏　飞　李嫂？

　　　　[画外音：嗯，告诉你妈，她给的土药方，很管用，谢谢她！你妈说家里办事儿，要去银行取钱，我明天上午就陪她去。

鹏　飞　哎，好！（挂电话）家里办啥事儿？

玲　玲　哎哟，不会两撇都凑齐了，咱妈和老王要办喜事了。

鹏　飞　不可能！

玲　玲　那去银行怎么没让儿子陪啊。哎！办喜事得他老王家出钱啊！咱妈票子房子车子没捞着，咋还二姑娘倒贴呢？

鹏　飞　别瞎说！这么大事儿，妈怎能不跟咱商量？

玲　玲　这不明摆着，不想让我们知道呗！

鹏　飞　别，这李嫂你认识吗？

玲　玲　不认识！

鹏　飞　老王，李嫂，哎哟，咱妈不会被人骗吧？

玲　玲　啊？对对对，现在有些骗子专盯着从乡下进城的老人，劫财劫色，哦，劫色不大可能！哎哟！老公，这可咋办，不会出事儿吧？

鹏　飞　玲玲，别急！现在最要紧的是把老王、李嫂的底细搞清楚。

玲　玲　嗯。

　　　　[妈按门铃上。

母　亲　鹏飞！

玲　玲　妈回来了，快开门！

鹏　飞　咱们慢慢儿问，别急，注意方法！

　　　　[鹏飞开门。

鹏　飞　妈，这么快就回来啦！

母　亲　回来啦！

玲　玲　妈，没和老王跳舞啊？

母　亲　没跳，你快生了，我不放心！

玲　玲　哦，来歇会儿！

母　亲　我不累！

鹏　飞　哎，妈，那老王人咋样？

母　亲　人不错！

玲　玲　他是干什么的呀？

母　亲　是医生。

玲　玲　医生，好好好！（放心）

鹏　飞　有素质！

玲　玲　有保障！

母　亲　保什么障！家里两个医生，他、他女儿。

鹏、玲　哦，好！

母　亲　好什么呀，不还是没保护好他的胃子。

鹏、玲　位子？

鹏　飞　退就退了呗！

玲　玲　就是！反正有退休工资。

母　亲　什么呀，老王年轻时经常加班加点，不按时吃饭，有严重的胃病，这医生白当了。

鹏、玲　嗨！

鹏　飞　老王身体不好啊？

母　亲　还好，不是啥绝症。

鹏　飞　那也不行！

母　亲　什么行不行的，认了呗！

鹏　飞　不能认！

母　亲　嗨，你说不认就不认啦？

鹏　飞　妈！

母　亲　不认不行啊！命！哦，差点忘了！（下）

玲　玲　怎么就不认呐！医生多好！工资高、收入高，退休金也高吧？车子、房子……

鹏　飞　你掉钱眼儿里了啊?!

玲　玲　不就胃病嘛！她女儿也是医生，你怕什么呀！将来咱们全家生病都不用愁了！

鹏　飞　你、你不懂！

玲　玲　凶啥凶，反了你！没听你妈说不认不行？生米已经煮成熟饭啦！

母　亲　来啦！（手拿酸奶上）玲玲，你该喝奶啦！你也来一瓶。（给鹏飞）你们呀，年轻时就要注意保养身体！

玲　玲　妈，这事儿我认！（鹏飞把酸奶塞玲嘴）

母　亲　哎哟，还在说老王的事儿啊，认不认，得看人家老王，没你啥事儿，快喝吧！

玲　玲　什么？没我啥事儿，不识好人心，我、我是不是你们蔡家的人啊，我不生了，哎哟！

鹏　飞　玲玲，别急！

母　亲　怎么了？玲玲。

鹏　飞　妈！您怎么能这么说呢！

母　亲　我怎么了？

鹏　飞　妈，跟您说实话，这事儿我不认。

母　亲　怎么了？

鹏　飞　妈，年轻的时候您为了照顾生病的爸，受了多少苦，现在年纪大了，怎么就不知道心疼自己呢？

母　亲　不，不是，你们到底想要说什么呀？

鹏　飞　老王有病，你和他的事儿，我坚决不同意！

　　　　［电话铃声。鹏飞接。

鹏　飞　喂！

母　亲　谁呀？

鹏　飞　老王。

母　亲　（接电话）喂！老王，啥事儿？你们听好了，您说！（按免提）

[画外音：明晚跳舞提前半小时，别迟到了。

母　亲　　好嘞！

母　亲　　（挂电话）你们都听清楚了？

鹏、玲　　听清楚了！

母　亲　　明白了？

鹏、玲　　不明白！

母　亲　　你们这俩孩子！老王是咱们小区健身队唯一的男同志，我和他每天负责搬运音响，嗨！老王有老婆！

鹏、玲　　啊！

鹏　飞　　妈，那音响可沉着呢！

母　亲　　没事儿，我在农村干活习惯了，看着大家跳着乐乐呵呵的，我开心着呢。

玲　玲　　哦，那、那你干嘛去银行取钱？

母　亲　　去银行，你们咋知道的？

鹏　飞　　李嫂来电话，明天上午陪你去。

母　亲　　哦，好。

鹏　飞　　妈，您要办啥事儿啊？

母　亲　　（轻抚玲肚子）我孙子的大事儿呀！

鹏、玲　　啊？！

玲　玲　　妈，那李嫂是什么人呐？到银行取钱怎么能随便找个人去呢？

鹏　飞　　就是啊！

母　亲　　你们不是忙嘛！李嫂是咱楼上七楼的邻居，我们天天见，熟着呢！

玲　玲　　七楼的，我咋没见过？

母　亲　　你们呀！没见过的多了！（从口袋里拿出本子）喏！

鹏　飞　　这是什么呀？

玲　玲　　我看看。

母　亲　　这里面记着我认识的咱小区邻居们的联系号码，妈字写得不好，看得懂吧？

玲　玲　　妈，您没来多久认识这么多邻居啊？

母　亲　　我平时在家没事干就出去转转，哎，可不是跟老王约会哟，到物业帮些小忙，就都混熟啦！还有的是跳舞时认识的。

玲　玲　　妈，社会复杂得很，您别随便跟人搭讪。

母　亲　　你们俩呀，每天早出晚归，这楼上楼下的邻居谁也碰不到谁，谁也不认识谁，这哪成啊！

鹏　飞　妈，城里跟咱农村不一样，大家都各忙各的，谁都顾不了谁，当心被骗！

玲　玲　就是。

母　亲　鹏飞啊，你爸走得早，妈一人把你拉扯大不容易，村里有几户人家的饭你没吃过？你不也没被拐走！

鹏　飞　妈！

母　亲　大家都像你们这样，看到谁都不认识，都像防贼，这日子就没法儿过了。别一下班回来就窝家里，有时间多出去走走，大家认识认识，谁家没有个难事儿、谁家没有个急事儿，一起帮衬着多好！

玲　玲　嗨！哪有那么多事儿？现在有困难找警察，什么120、110、119，一个电话的事儿。还有 qq、微信……

鹏　飞　就是！

玲　玲　哎哟！

母　亲　怎么了？

玲　玲　肚子好疼！

母　亲　不会要生了吧？

鹏　飞　预产期还有一星期呀！

母　亲　赶紧去医院！

玲　玲　可我预约的助产师这几天休假了！

鹏　飞　哎哟，那可咋办？

　　　　［母亲打电话。

母　亲　老王啊，我儿媳妇要提前生了，你丫头不是妇产科医生吗？帮我联系一下，我们马上就到她医院去。好，谢谢了！走！

鹏　飞　哎哟，妈，得叫辆车，我出去拦车子。

玲　玲　老公，咱们住郊区，这时候怕是没有出租车了，哎哟，我疼！

母　亲　我们小区有开出租的师傅啊。本子上有，快打电话，我去取东西。

鹏　飞　哦，在哪儿呀！（查号码）

玲　玲　实在不行，打、打120！

　　　　［电话铃响。

鹏　飞　喂！

　　　　［画外音：你们怎么还没下楼呀，老王打电话说你家要去医院生孩子，老钱、老陈家的车都在等着你们呢，哦，又来了一辆，你们快下楼！

鹏　飞　啊……

　　　　［母亲拎着大小包上。

母　亲　还愣着干吗！

玲　玲　妈！

母　亲　怎么哭起来了，忍着点儿！

玲　玲　不是的，妈，您真好！谢谢你！

母　亲　傻孩子！别多想啦，赶紧去医院！

　　　　　[定格。

　　　　　[剧终。

小 品

拆迁变奏曲

姜冬云

时　间：天刚蒙蒙亮
地　点：一农户家
人　物：樊妈：拆迁"重点工作对象"
　　　　建民：镇党委书记
　　　　娟儿：樊妈儿媳
　　　　大庆：樊妈儿子

　　　[幕启。弱光、拆迁宣传的喇叭声。娟儿和大庆上。

娟　儿　（慵懒）怎么回事？昨晚半夜吹拉弹唱，今儿大清早叽里呱啦的，（打哈欠）咋回事儿啊？

大　庆　谁知道啊！

娟　儿　哎呀，有鬼啊！大庆快、快开灯！

大　庆　哪里？（开灯）
　　　[启光。樊妈批被单，威坐堂屋。

大　庆　（大笑）是咱妈。

娟　儿　（回头）哎哟，妈啊，您可吓死我了？

大　庆　妈，一大早您坐这儿，干吗啊？

樊　妈　等着聊天儿！

庆、娟　聊天儿？

娟　儿　（把大庆拉一边）大庆，咱妈平时一人在家，不会是太寂寞了（比划脑袋）这儿出问题了？

大　庆　别瞎说！咱妈有文艺队，一帮老头老太在一起，整天乐呵呵的！

娟　儿　哎！外面没声音了。

樊　妈　哼，好戏在后头呢！

137

建　民　妈，有啥好戏？

娟　儿　就是啊！

樊　妈　没事儿，你们回房间吧！

　　　　[建民一手公文包，一手礼品盒上。敲门。

娟　儿　这一大早，是谁啊？

樊　妈　哼！

娟　儿　（开门）哟，是建民。

建　民　嫂子，你回来了？

娟　儿　对对对，快进来！

大　庆　建民，快屋里坐。

建　民　大庆也回来啦！

樊　妈　哎哟！什么风把我们尊贵的大书记吹来了！

建　民　（进屋）樊妈，您好啊！工作忙，好长时间没来看您了。

樊　妈　今天来看我了？

建　民　可不是嘛！

樊　妈　你，两只眼睛看好啰，（哼跳广场舞）很好吧？

建　民　樊妈您身体棒棒哒，一定长命百岁！（放下礼品欲坐）

樊　妈　谢谢大领导！您可是忙人，看也看了，可以走了！

大庆、娟儿　妈！

娟　儿　妈你这是干吗？

大　庆　健民，你坐！

樊　妈　猫哭耗子假慈悲，黄鼠狼给鸡拜年！哎呀，你们呢，是白天不懂夜
　　　　的黑！

大　庆　建民，到底怎么回事？

建　民　我……

樊　妈　（打断）镇领导关心咱小老百姓，深更半夜搭台唱戏，第二天拆迁宣讲
　　　　和公鸡打鸣儿比早，然后屁颠儿屁颠儿上门陪聊！就这回事！

娟　儿　什么情况？

樊　妈　今天陪聊的待遇高啊，咱镇的大老爷亲自上门了。

大　庆　健民？

建　民　是我们拆迁同志的工作方式方法欠妥，看上去是丰富老百姓生活，但事
　　　　实上影响了村民们的正常休息。

大　庆　哦，为拆迁啊！我和娟儿就为签合同回来的，我们带头。

樊　妈　嗯……

建　民　樊妈……

大　庆　没问题！

樊　妈　我当妈的还没同意呢，看谁敢签！

大　庆　妈，别逗建民了，咱们不都商量好了吗！

娟　儿　妈，您放心！政府评估的钱足够买新房了，多余的钱全部给您！

樊　妈　娟儿，妈知道你孝顺，还是我儿媳亲呐！（斜眼看建民）

建　民　可不是嘛，你们家婆媳关系好得让人嫉妒啊！

樊　妈　那当然！媳妇虽没吃过我一口奶，但嫁到咱樊家就是我樊家的亲闺女儿。不像有些人，吃里爬外。

大　庆　妈！

建　民　樊妈啊，您的养育之恩我是没齿难忘啊！

樊　妈　哎哟哟！一身鸡皮疙瘩！我看就是个没记性的白眼儿狼！当年你妈下不了奶，你爸急得跑到咱家，把你往我怀里一塞，跪下来就要给我磕头。

大　庆　妈，那时我也就才6个月吧。

樊　妈　是啊，又多了个抢食的。哎！现在人当上书记有能耐了，学会挖墙脚了！

建　民　樊妈，这不是挖墙脚，这是咱镇村全面发展的需要。

樊　妈　发展？咱楼房有的住，手机不离手，电器样样有，还要瞎折腾什么！

大　庆　妈！

建　民　樊妈啊，您一直都支持镇上工作的，这次是我们不对，我们马上整改。

樊　妈　我看就不用麻烦了吧。

建　民　您同意拆了？

樊　妈　不不不！有钱你们继续唱、喇叭接着放，挺热闹的嘛！

建　民　樊妈，您有什么要求可以提出来，我们好商量。

樊　妈　哦，好商量，那我的要求就是，原、地、不、动！

大　庆　妈！

娟　儿　妈，您这不是没得商量嘛！

建　民　樊妈啊，您从小就帮我当自己的孩子一样，啥事儿都护我，这回拆迁？

樊　妈　不行！

大　庆　妈！

建　民　樊妈！全村人都盯着您呢！

樊　妈　盯我干吗！

大　庆　妈！

建　民　樊妈！当年，当村支书的樊爸爸带领全村人种葡萄致富了，大伙儿都觉得跟你们家干准没错儿!

樊　妈　是啊,你樊爸爸为帮大家种植葡萄不知吃了多少苦。

建　民　把咱村的葡萄送出咱镇,走向全国,一直都是樊爸爸的梦想。

樊　妈　可他没等到这一天,哎!没福气的人呐,说走就走了。

建　民　樊妈,这梦想就快实现了。

樊　妈　我知道,葡萄种植是我村的传统农业生产项目,镇上已经讨论通过,把村东边的那块地,开发成葡萄集中种植园区,召集村里有劳力的贫困家庭一起参与种植,争取两年内脱贫摘帽,我们还将引进葡萄酒科研项目,销售和产业发展多元化推进,并把这些列入我镇特色小镇建设的重点项目。

建　民　樊妈,这你都懂?

樊　妈　喇叭里天天喊,能不懂?!

建　民　瞧您说的!

大　庆　妈,这可是为咱老百姓办的大好事。

娟　儿　是啊,妈!

　　　　[樊妈若有所思地摇头。

建　民　樊妈,为培育优质葡萄,我们是不是得把这方面的专家请过来?

樊　妈　嗯。

建　民　咱们把专家请来了,是不是让他把车停你们家河西岸?

樊　妈　嗯。

建　民　然后,走过那三块水泥板桥。

樊　妈　嗯。

建　民　再花个40来分钟走到村东头葡萄种植区?

樊　妈　嗯,哦,不不不,那可使不得。

建　民　樊妈,咱们种葡萄是为了自己吃个饱?

樊　妈　当然不是,走出村头、走向全国,我们要赚大钱!

建　民　对,走出去,扩大市场!那咱们还跟以前一样用小拖车一颠一颠地往南边村口拉,然后再倒腾到运输车上,送出去?

樊　妈　那可不行,葡萄可经不起折腾。

建　民　那怎么办呢?啥汽车都进不了咱村儿。

樊　妈　造路修桥呗!(忙止)

大　庆　妈,您同意了。

建　民　这才是我的好樊妈呀!

樊　妈　我、我、我说造路修桥,可没说动咱家的房子。

建　民　樊妈，你家房子处在两条路的交叉口，而修建的新马路是通往葡萄园区的唯一通道。你、你是必须得拆啊！

樊　妈　狐狸的尾巴露出来了吧？这不是挖墙脚是什么?!

建　民　樊妈！

樊　妈　我、我要告你们！

　　　　〔建民愣住。

大　庆　妈，您犯糊涂了？

樊　妈　我告你们扰乱老百姓生活，欺、欺负我孤老太婆！

娟　儿　妈！

建　民　（语重心长）樊妈，你知道吗？将来你家西边的路直通市里，门口的路接新桥可直上高速，通往全国各地，这两条路可是咱村人的康庄大道啊，你不拆就……

樊　妈　不拆就影响你做官了？

建　民　樊妈！您难道忘了樊大伯是怎么走的吗？由于过度劳累，突发心脏病，救护车在村南路口，因为路窄就是过不来，等大家用担架把大伯送上救护车到医院，大伯已经错过了最佳抢救时机。

樊　妈　快别说了！

娟　儿　妈！

建　民　大伯下葬半年不到，咱们镇搞拆坟复耕，那么艰难的工作，樊妈您第一个支持。其他人都说你糊涂，大伯刚入土，新坟怎么能随便搬呢？

樊　妈　是啊，这不上规矩啊！可你樊大伯是一名共产党员，他常跟我说，你是党员家属，不能拖我的后腿，对，我不能拖他的后腿，可惜他扔下我走啦！

娟　儿　妈，您别难过，还有我们呢！

大　庆　妈，您这次也不能拖后腿啊！

建　民　樊妈，您有啥难处，说出来，我们一起解决！

樊　妈　唉！孩子们，看到门前的那棵老槐树了吗？这是我和你爸结婚那年一起种下的，每次你爸出门我都会在那棵槐树下等他回来。他说，每次回家看到槐树，他就看到了我，看到了家。要是搬走没了老槐树，你爸他找不着回家的路啊！还有，你、你爸就是倒在那棵老槐树下的，道理我都懂，我是真舍不得搬啊！

娟　儿　妈！（抱住樊妈）

建　民　樊妈，您放心！我们把老槐树移植到新小区门口，树还是这棵树，你樊妈还是我的好樊妈，樊爸爸在天上会看到的，也会高兴的。

樊　妈　嗯！

建　民　另外还有一个好消息，镇上决定把村综合文化服务中心建在你们小区里，这样方便服务老百姓，同时，还专门给你们艺术团设置了排练厅。

樊　妈　真的啊？

建　民　千真万确！

樊　妈　那太好了！娟儿！大庆！

庆、娟　嗯！

樊　妈　我们走！

娟、庆　去哪儿？

樊　妈　把邻居们一起喊上，我们去村部签拆迁安置合同。

娟　儿　太好了！

建　民　谢谢樊妈，给您点赞！

庆、娟　对！点赞！

建　民　走吧，我今天给你们当专职司机！

庆、娟　好！签合同去啰！

建　民　哦，对了，樊妈您刚才那段广场舞？

樊　妈　跟我来！

四　人　（律动）依法拆迁、和谐拆迁，发展啊发展，脱贫啊致富，小康路上往前跑！

　　　　〔剧终。

情景剧

麻风村的一盏灯

姜冬云

时　间：傍晚
地　点：麻风村宿舍大院
人　物：王秀冲
　　　　瞿照琴（双目失明）
　　　　徐云芳（患痴呆症）
　　　　张德茂（双腿截肢）
　　　　小李（工作人员）
　　　　众麻风病人

[幕启。蓝色灯光。舞台分成三个区域，分别为徐云芳、张德茂、瞿照琴的开放式宿舍。王秀冲拎着行李上，不舍地看向宿舍欲离开。徐云芳喊着上，小李拿饭碗后追。

徐云芳　杀人啦！杀人啦！王主任，你在哪里，快救救我，王主任！
小　李　徐奶奶，别跑，慢点！
　　　　[王秀冲闻声停住，忙迎过去。
王秀冲　徐奶奶，怎么了？
徐云芳　王主任，我可找到你了，有人要杀我……
王秀冲　谁要杀你？
　　　　[徐云芳转身看到小李，忙往王秀冲怀里躲。
徐云芳　他，就是他。
小　李　王主任，您看……
王秀冲　徐奶奶，别害怕，他是新来接我班的小李。
徐云芳　他逼我吃毒药，他是坏蛋，他要杀我！要杀我，要杀我，要杀我。
小　李　王主任，这？！

143

徐云芳　王主任，你今天还没喂我吃饭呢，你最乖，奶奶那儿有好多糖，都给你，就不给你吃！（冲小李）不来看我，喂我毒药，跟你爹一样心狠。（打小李的头）呵呵呵！

小　李　哎哟！您说什么呐！

王秀冲　小李，徐奶奶自从被送到咱们麻风村，家人就没来看过她，虽然老年痴呆了，但心里的这个坎儿过不去啊！把你当成她的孙子了。

徐云芳　（指行李）王主任，你又给我带好吃的了？走，快到我房间，我肚子饿了！

小　李　徐奶奶，王主任退休了，今天就回家，再晚就赶不上最后一趟公交车了。

徐云芳　好好好，回家，走了，走了，喂饭饭了！
　　　　[徐云芳拎起行李就走。

王秀冲　哎！徐奶奶，我来拎，太重了！
　　　　[王秀冲赶紧接过行李，小李拎一袋，进徐奶奶屋。

徐云芳　（拦小李）你个小坏蛋，不允许进我的房间。

小　李　徐奶奶！

王秀冲　小李，徐奶奶交给我。

小　李　王主任，你再不走，今天可真就走不了了！

王秀冲　没事，你去忙其他的吧！

小　李　那我去给张德茂换药。
　　　　[音乐起。喂饭温馨场景。
　　　　[张德茂房间，小李给坐在轮椅上的张德茂换药。王秀冲听到吵闹声，走出房间。

张德茂　哎哟，小李，你弄疼我了。

小　李　张伯伯，您忍着点！

张德茂　王主任换药，从来都不疼，哎哟！你到底会不会啊！

小　李　您放心，我在学校操作可是第一名。

张德茂　第一名有啥用，不如王医生医术高明！

小　李　医术高明，还不是没治好您的腿！

张德茂　（甩开小李）你个小屁孩懂什么！没有王医生就没有我老张的今天。你赶紧把王主任给我找回来，否则我就不换药。

小　李　王主任已经退休回家了！

张德茂　退休退休，谁允许他退休了！我不同意！他可在咱麻风村待了31年！咱们麻风村哪个病人能离得开王主任！麻风村就是他的家。唉！我腿要是好使，一定把王主任追回来！

王主任	老张！

张德茂　王主任？王主任、王主任没回去！哈哈哈！（小孩子般笑哭）

王主任　小李，我来吧！

　　　　　［音乐起。换药。王主任和小李走出屋。

小　李　王主任，回家的末班车已经赶不上了，您？

　　　　　［王秀冲若有所思，走到瞿照琴房前。

王秀冲　嗯？瞿奶奶怎么没亮灯？

小　李　睡了吧。

王秀冲　不可能，这时候瞿奶奶应该在房间里锻炼，她的腿受过伤。

小　李　她又看不见，开不开灯一个样！

王秀冲　她虽然失明，但喜欢亮灯。快问问！

小　李　瞿奶奶，您睡了吗？

　　　　　［房间里没动静。

小　李　应该睡了。

王秀冲　窗帘没拉，小李看看里面。

　　　　　［小李凑过去看。

小　李　啊！我的妈呀！

王秀冲　怎么了？

小　李　一个头，瞿奶奶就坐在窗口，吓死我了！

王秀冲　什么？瞿奶奶，瞿奶奶，快开门！（急敲门）

　　　　　［屋内灯亮。

瞿奶奶　王主任，王主任，是王主任吗？我在呢！

　　　　　［瞿奶奶开门出。

王秀冲　瞿奶奶是我，您慢点，小心！

瞿奶奶　王主任，您不是回去了吗？

小　李　王主任忙得误了班车。瞿奶奶你怎么坐在窗口！灯也不开，吓我一跳。

瞿奶奶　小李，你觉得瞿奶奶还需要开灯吗？

王秀冲　瞿奶奶，您不是喜欢把灯开得亮堂堂的吗？您这是怎么了？

瞿奶奶　王主任，我没事。我就是坐在这儿想想过去的事儿。20年前，我眼睛瞎了后，在这窗口坐了两天两夜，什么也看不见，这日子还有活头吗？我还不如死了算了，我用刀捅大腿、割手腕，浓重的血腥味让我看到了那鲜红的血在一点一滴地离开我，我躺在床上，等着阎王爷来收，可等来的，是破门而入的你——王主任。那天的敲门声跟今天很像。

王主任	从那天起，晚上你就喜欢把灯开得亮堂堂的。
瞿奶奶	从那天起，你对我精心照顾，每晚都会来我房间查看，陪我聊天儿。他们都说走廊的灯有时不亮，我就把房间的灯打开、窗帘打开，你查房的时候多少能有点亮光。其实，那灯，是为你开的。（流泪）
王主任	瞿奶奶，谢谢您！
瞿奶奶	该谢的是我们。王主任，我眼睛虽然瞎了，但心里亮堂着呢，31 年了，在你心里，永远是我们麻风病人排第一。你是好人呐！回去吧，该回去陪陪你媳妇儿和孩子们了。
王秀冲	瞿奶奶！
	［张德茂自磨着轮椅出。
张德茂	对！瞿奶奶说得对！王主任，31 年来，您对我们不离不弃，为我们付出太多了。对不起！我、我太自私了！
	［小李迎过去。
王主任	不，我也舍不得走，我真的也不放心你们啊！
瞿奶奶	我的命是你救回来的，你就是我的眼睛、就是我的灯，永远亮在我心里了。放心回吧！
张德茂	我的命也是您给的，您就是我的腿、我的贴身拐杖，搀扶着我一路走来。
	［徐云芳走出。
徐云芳	我的命也是你给的。你就是我的小棉袄，给了我贴心贴肺的照顾。
	［众病人分别从三区域幕后出。
病人一	我的命也是您给的！
病人二	我的命也是您给的！
病人三	我的命也是您给的！
众病人	王主任，您就是我们的救命大恩人，就是我们最亲最爱的人！放心地回吧！我们会想您的！
王秀冲	谢谢！谢谢你们！我的亲人们！我不会离开你们的！
瞿奶奶	什么？王主任，你说什么？
王秀冲	瞿奶奶，我要向组织上申请留下来，一直陪着你们快乐地过好每一天！
众　人	噢，太好啦！王主任不走啦！
	［音乐起。大家围拥王秀冲。
	［剧终。

儿童剧

一米阳光

姜冬云

人　物：小米：老鼠（与父母走散，饥饿）
　　　　兔　宝：小兔子（父母外出打工，孤独）
　　　　兔奶奶：兔宝的奶奶

　　　［幕起。儿歌《想妈妈》起："晚风吹，小虫儿飞，小兔宝宝四处追。月儿圆，笔尖儿飞，小兔宝宝盼妈回。"月色下，兔宝在小木屋外的院子里，一会儿无聊地追赶着飞虫，一会儿在地上画画。

兔　宝　爸爸是个大坏蛋、妈妈是个大骗子，说好了 30 天回来看我一次，这都101 天了还不回来，大坏蛋、大骗子！
　　　［兔宝倚石，看月亮；小米贼贼地上。
小　米　好饿啊！这儿有没有吃的啊？
　　　［忽看到桌上有东西，赶紧扑过去。
小　米　胡萝卜？总比饿死强，对不起了，算我借的！（啃）
兔　宝　放下！敢偷吃我的胡萝卜！
小　米　哎哟！（胡萝卜掉地，慌张地逃）
兔　宝　抓小偷啦！
　　　［两人在院子里追逐。音乐起。
小　米　小兔子，我不是偷，是向你借。
兔　宝　是借你跑什么?！
小　米　我、我……
兔　宝　哈！跑不掉了吧！（抓住小米尾巴）太刺激，太好玩了！你分明就是偷！
小　米　小兔子，饶了我吧，我跟你道歉！
兔　宝　道歉？晚了！
小　米　小兔子，我好几天都没吃到东西了，所以……

147

兔　宝　这可是留给我爸爸妈妈回来吃的！我爸爸妈妈！

小　米　唔！（哭）

兔　宝　哎哎哎！就说你两句，哭什么呀！

小　米　我想爸爸妈妈了。

兔　宝　你爸爸妈妈也出去打工了？

小　米　我和爸爸妈妈走散了。

兔　宝　所以你几天没吃到东西？

小　米　嗯！对不起！我以后一定还你好多好多的萝卜！

兔　宝　额，我想想，要不，你给我表演个节目，逗我开心，就不用你还了！

小　米　表演节目？

兔　宝　嗯！

小　米　好，我唱一段儿。（黄梅戏）

兔　宝　真好听，不不不，你唱得虽然还不错，但我不喜欢黄梅戏！

小　米　那我还会跳舞，我会劈叉（劈叉，没到位）

　　　　[兔宝赶紧 PK。

兔　宝　怎么样？瞧我！

小　米　那那，我其他的不会了

兔　宝　那这样好不好？你白天找爸爸妈妈，晚上到我家，我给你留好吃的，你陪我玩儿，直到找到爸爸妈妈为止，好不好？

小　米　拉钩？

兔　宝　拉钩！

兔　宝　我叫兔宝，你呢？

小　米　我叫小米，以后我们就是好朋友了！

米、兔　耶！

　　　　[音乐起。一段嬉戏的舞蹈。奶奶忽然上，音乐戛然而止。

奶　奶　是谁在外面吵？

　　　　[小米慌忙躲到石头后面，兔宝坐在石头上。

兔　宝　是我，奶奶！

奶　奶　兔宝儿，你怎么不进屋睡觉啊！

兔　宝　我出来透透气，屋里太闷了！

奶　奶　要不奶奶陪你一会儿？

　　　　[兔宝把奶奶往屋里推。

兔　宝　不用不用，您早点休息吧！

奶　奶　好好好，我的乖兔宝！哦，我把胡萝卜收回屋。啊，怎么没有了？

兔　宝　胡、我、我吃掉了！

奶　奶　你吃了？

兔　宝　嗯，爸爸妈妈还不回来，我一生气就给吃了。

奶　奶　我的乖兔宝儿，别着急，爸爸妈妈快回来了，你早点回屋睡觉！乖！

兔　宝　奶奶，晚安！

奶　奶　晚安！

　　　　[奶奶进屋。

兔　宝　小米，快出来吧！

小　米　好险呐！

兔　宝　奶奶睡觉去了，我们继续？

小　米　不会吵着奶奶？

兔　宝　悠着点呗！音乐！

　　　　[音乐起。嬉戏。奶奶偷上，抓住小米的尾巴。音乐戛然而止。

奶　奶　可逮着了！（一脚踩住尾巴）

小　米　啊！

兔　宝　奶奶，别踩他的尾巴，他会疼的！

奶　奶　疼？还没打他呢！（打小米）

兔　宝　奶奶，你别打他，他是我的好朋友！

奶　奶　什么？你怎么跟老鼠做了朋友。

兔　宝　跟老鼠做朋友怎么了？

奶　奶　老鼠过街人人喊打！你竟然跟他做朋友！

小　米　奶奶，别这么说我们老鼠。

奶　奶　谁是你奶奶！

小　米　对不起，兔宝奶奶，我今天并不是故意偷……

　　　　[兔宝赶紧捂小米的嘴。

兔　宝　小米！

奶　奶　哦，我知道了，胡萝卜给你偷吃了，是不是？是不是？你老鼠不是爱大米吗？怎么现在什么都吃啊?！（脚使劲踩尾巴）

小　米　啊！啊！啊！

兔　宝　奶奶，是我给他吃的！

奶　奶　肯定是他偷吃的。

兔　宝　奶奶您别这么凶！

奶　奶　跟这些可恶的东西不能客气！

兔　宝　奶奶，他和爸爸妈妈走散了，好几天没吃东西了，再不吃东西，他会饿死的。

奶　奶　饿死就饿死呗，省得祸害人类，丢我们动物的脸！

小　米　唔唔唔！

兔　宝　奶奶，求求您了，放了小米吧！

小　米　奶奶，兔宝奶奶，我保证以后就是饿死也不再偷吃，您放了我吧！

奶　奶　江山易改本性难移！不行！

小　米　奶奶，你是个石头心肠的奶奶，我、我不喜欢你了，我要去找我的爸爸妈妈。（往外跑）

奶　奶　哎！兔宝，别跑！（追兔宝，小米乘机开溜）哎哎哎！

兔　宝　小米快跑，（轻声）记住，明天晚上再来。

奶　奶　我的乖兔宝儿哎，老鼠跑了，你满意了吧？

兔　宝　奶奶，你刚才的样子好凶好吓人哦！

奶　奶　对待这些祸害不能心慈手软，你年纪小，容易上当受骗。好了，奶奶不凶了，还喜欢奶奶不？

兔　宝　嗯！啵！（亲奶奶）

奶　奶　我的好乖乖！我们去睡觉！

兔　宝　嗯！

　　　　〔东北《摇篮曲》音乐起。暗转。启光，微弱，奶奶和兔宝各睡一张床，奶奶发出轻微的呼噜声。小米从窗户外爬进屋，走近兔宝床边。

小　米　兔宝、兔宝，快醒醒！快醒醒！

兔　宝　嗯？啊！奶奶，有贼！

奶　奶　（猛坐起）贼在哪里？

　　　　〔光强。

小　米　兔宝，是我！

兔　宝　怎么是你？

奶　奶　（一把抓住尾巴）好啊，刚放你走，就又来偷东西了，这次可不能让你溜了！

兔　宝　小米，是这样吗？

小　米　不是的不是的！兔宝，我是来通知你们，马上要地震了。

兔　宝　要地震？

小　米　嗯！

奶　奶　怎么可能？

小　米　奶奶，请你相信我！

奶　奶　我怎么没感觉到？

小　米　真的。

奶　奶　不对！撒谎！既然是这样，那你怎么不敲门？

兔　宝　是啊！

小　米　我、我、我不是习惯爬窗户了嘛！

兔　宝　这也算是理由？那你也经常跟爸爸妈妈走散？

小　米　这、我……

奶　奶　狗改不了吃屎，老鼠改不了偷食！

小　米　兔宝，相信我！

兔　宝　你谎话连篇，太让我失望了！

小　米　我……（灵机一动，小米猛咬兔宝）

兔　宝　啊！他咬我！

奶　奶　哎哟，我看看咬到哪了？

　　　　［奶奶上前，脚松小米往外走。

兔　宝　没事，奶奶，咬到衣服了。快！小米他溜了！还把咱家的萝卜偷走了！

奶　奶　狡猾的东西，快！跟奶奶去追。

小　米　来呀！快过来抓我！（把祖孙俩引出屋外）

　　　　［音乐起。暗转。忽然"轰"的一声，房子在身后倒塌。

兔　宝　啊！奶奶，真的地震了！

奶　奶　还真的地震啊！

兔　宝　我们的小木屋倒了！

奶　奶　只要还活着，小木屋还可以再造。嗯，小米呢？

兔　宝　小米，小米！

　　　　［画外音。小米：兔宝、奶奶，谢谢你们的救命胡萝卜，我会永远记在心里的，我走了，我去找我的爸爸妈妈了，你们保重！

兔　宝　小米！

奶　奶　小米！

　　　　［音乐起。两个定点光，奶奶怀抱兔宝与小米遥相对望。

　　　　［剧终。

小 品

求 仙 记

姜冬云

时　间：现在
地　点：农家堂屋
人　物：王大仙：女，50 岁左右，封建迷信从业者
　　　　张美珠：50 岁左右
　　　　李福才：张美珠丈夫，50 岁左右
　　　　李鹏飞：张、李之子 26 岁左右
　　　　二妞：女，大学生村官，鹏飞发小。

[幕启。桌上放着几盘菜。李福才心事重重上；张美珠着急紧跟其后，从里屋出。

张美珠　孩子他爸，咱儿子都睡了两天一夜了，咋叫都不醒，这可怎么办？

李福才　大半年没回了，咋就忽然回来了呢？回来时啥情况？

张美珠　就跟我说了一句，不要喊他吃晚饭，我以为他坐火车累了，也就没喊，今天早上喊他吃早饭，嘴里咕噜了两声，我以为他说再睡会儿就起床，就下地去了，哪知这都又吃晚饭了，咋就一睡不醒了，啊"呸呸呸"。

李福才　我以为我以为，儿子都几顿没吃了，我以为你都给伺候好了呢！

张美珠　哎哟！咱儿子不会工作太累，脑子出血或犯心脏病了吧。

李福才　瞎说！年纪轻轻咋会得那些个病。咋看都像睡熟了，可咋就不醒呢？

张美珠　哎哟，他爹，不会是老祖宗来算账了……

李福才　想啥呢！

张美珠　你忘了，儿子今年清明节、七月半烧经都没回家。

李福才　嗯！

张美珠　哎哟哟，老祖宗啊老祖宗，孩子是因为工作忙才没回家的，求求你们，可别拿孩子开玩笑！他可是你们李家唯一的根啊！（四处拱手）哎

　　　　　哟，快!

李福才　干吗?

张美珠　快把王大仙请过来看看。

李福才　王大仙? 她能行吗?

张美珠　行! 灵着呢，村头钱家奶奶胃痛，吃了她的偏方立马就好了。

李福才　真的啊?

张美珠　我亲眼所见。

李福才　那、那她在家吗?

张美珠　我刚还碰到她，快去请!

李福才　好。

　　　　　[音乐中，王大仙拎香包、神兜兜上。

王大仙　这是要去请谁啊?

张美珠　哎哟! 真是菩萨显灵，说曹操曹操到!

王大仙　感觉村里有些不安分，出来转转，不知不觉就转到你们家。

李福才　大仙，快请坐。

王大仙　嗯，是不是儿子的事啊? (香包放桌上，盘腿而坐)

张美珠　您都知道了啊!

王大仙　你刚不是告诉我你儿子回，(说漏嘴，忙改口) 啊! 嗯! (转移话题) 你们家伙食不错啊!

张美珠　王大仙，要不您先吃点?

王大仙　(咽口水) 我不吃荤。说说啥情况?

李、张　我儿子……

　　　　　[10 秒左右的音效 (七嘴八舌)；三人定点光，灯光变蓝。音效停，启光。

王大仙　(闭眼掐指算) 嗯! 孩子清明节没回家上坟。

张、李　嗯嗯。

王大仙　七月半没回家磕头。

张、李　没错儿!

王大仙　不磕头、不敬香、不烧纸钱，对老祖宗是大不敬啊!

张美珠　孩子工作忙。

王大仙　再忙也不要忘了老祖宗，再忙也不能忘了回家，现在的年轻人压根儿就忘了什么是乡愁!

李福才　大仙，您说得对! 那咋办呢?

王大仙　他现在是人魂分离、魂不附体。

153

李福才　啥意思？

王大仙　魂被老祖宗带走了。

张美珠　那可坏了！

王大仙　快！拿纸来！

　　　　［李急递给王餐巾纸。

王大仙　嗯？

张美珠　糊涂！快去拿纸钱。

李福才　哦，对对对！我就去拿。（左侧下）

王大仙　你去煮个鸡蛋来。

　　　　［张右侧下；李拿一叠纸钱上。

李福才　大仙，纸钱来了。

王大仙　给我。（冲纸钱胡念一通）到你家屋东，第二棵水杉树下，把纸钱给烧
　　　　了，带上三柱香和冥票一起。

李福才　好！

王大仙　记住左手拿纸钱，右手点火。

李福才　好！（急下）

　　　　［张拿着鸡蛋上。

张美珠　大仙，鸡蛋来了！

　　　　［王拿出银钗插进鸡蛋。

张美珠　不用针啊？

王大仙　（傲慢）我这银钗请和尚念过的，放儿子床头。

张美珠　好好好！

　　　　［张下，李上。

李福才　大仙，烧过去了。

王大仙　好，去看看，儿子翻身了没有？

　　　　［李下；王快偷吃肉，张、李上，立刻正襟危坐。

张美珠　大仙，刚才我喊儿子，他应了一下。

李福才　一边翻身一边应了一下。

王大仙　嗯！魂要回来了。

李福才　这下好了好了！

王大仙　嗯——（手点点香包）

张美珠　哦！起步价！

　　　　［张掏出50元给王。

王大仙　银钗。

[张又掏出 100 元；王嫌少再掐指，皱眉。

王大仙　哎哟哟，啧啧啧！

张、李　咋了？

王大仙　不妙不妙，还有一茬。

张美珠　还有？

王大仙　今年，你们家是不是有老人整周年？

张美珠　对对对！孩子他太爷病逝三十年。

李福才　灵！

王大仙　操办了吗？

张美珠　办了，而且大办了。

李福才　带前后院儿的二层小洋楼、车牌一路发的小汽车，连名牌手机都给配上了！

王大仙　有佩奇吗？

李福才　应该配齐了。

王大仙　我是说佩奇给老人家烧过去了吗？

张美珠　配齐了啊！

王大仙　我说的是佩奇的佩奇！不是配齐的配齐！

张、李　配齐是个东西？

王大仙　唉！佩奇就是猪！玩具猪！

张、李　猪？！

王大仙　（指李、张）两只佩奇！甭说了，肯定没有佩奇（配齐）。

张美珠　啥时候有这规矩啊？

王大仙　要紧跟时代！佩奇佩奇万事大吉！缺啥它能给补啥，唉！你们啥都不懂，难怪他太爷有意见！找重孙了吧！

李福才　这我们哪知道啊！

张美珠　那现在咋办？

[王掏出一小纸猪（前胸后背分别写着配齐、佩奇），嘴里念念有词。

王大仙　拿去在原地，给烧过去。

李福才　好！（下）

王大仙　嗯嗯嗯（清嗓子）

张美珠　哦，大仙，让您费心了！（又掏出 100 元）您看我儿子啥时候能醒？

王大仙　嗯、嗯，你们要是心诚的话，也快醒了。

[李鹏飞上。

李鹏飞　妈，我回来就给吃鸡蛋啊？还插个银针，搞什么嘛！

张美珠　哎哟，儿子醒了！我的好儿子，快让妈看看！

　　　　［李上。

李福才　儿子醒了，太好了太好了！

张美珠　儿子，这鸡蛋不是吃的，大仙你快看看。

李鹏飞　大仙？

王大仙　银钗黑漆漆，鬼怪附兮兮！（对着银钗吹气）去吧去吧去吧！

李福才　这下好了！

李鹏飞　爸妈，鸡蛋黄上有硫化物，任何银器接触了都会变黑，这是化学反应。

王大仙　嗯嗯嗯。（清嗓子）

张美珠　哎哟哟。（忙打断）儿子，有些东西你不懂，快谢谢大仙！

李福才　儿子，你昏睡了一天一夜，多亏大仙给招魂。他妈——（示意给钱）

张美珠　谢谢大仙！（忙再掏200元钱给王）

李鹏飞　爸、妈，我回家前，连续加班了三天三夜，单位领导放我三天假，这不都大半年没回家了，我从单位就直接奔家里了，我是美美地睡了一觉！跟大仙没关系！

李、张　这样啊！

王大仙　嗯嗯！（清嗓子）

张美珠　儿子，赶紧先谢谢大仙，给大仙拜拜。

　　　　［拉扯间，二妞微挺着大肚子上。

二　妞　哎哎哎！你们这是唱的哪一出啊？

李鹏飞　二妞？（借机挣脱）

张美珠　哎哟，二妞都怀上啦，儿子你还不赶紧找个女朋友。

李鹏飞　妈！老同学，恭喜恭喜！快请坐！

张美珠　快坐！

　　　　［二妞坐。

李鹏飞　哎，你怎么来了？

二　妞　我来请大仙啊！

李鹏飞　请大仙？

张美珠　肯定是请大仙看生男生女，是吧？

　　　　［二妞笑而不语。

李鹏飞　二妞，你也信这个？

王大仙　嗯嗯。（清嗓子）

张美珠　儿子，大仙可灵了，前天把村头钱奶奶的老胃病治好了！

李福才　对！

二　妞　用的是她祖传秘方，叫达摩什么神仙汤。

王大仙　安肚驱邪摩陀香灰神汤！（从袋子里拿出一瓶子）

李鹏飞　听这名字就邪乎不正，二妞，你可是大学生村官啊，要相信科学，不能迷信，要带好头。

王大仙　丫头，你站起来，我看看。

　　　　[二妞忙站。

王大仙　慢点！

张美珠　小心点。

　　　　[王大仙打量二妞。

王大仙　嗯，前看像座山，后看似平川，肚子突，屁股瘫，嗯嗯，是个男孩样。

二　妞　真是个男孩？

王大仙　嗯！

　　　　[忽然拿出摇铃，铃声越来越紧。

王大仙　哎哟哟，孕妇脾气躁，孩子肚里急，带把儿的容易掉，男孩丢女孩到。

张美珠　啊？

二　妞　那咋办？

王大仙　我有祖传秘方，就是价钱贵了点，担保你生男孩！

李鹏飞　太荒唐了！二妞，你也重男轻女？

二　妞　男女都一样，大仙，我想生女孩耶，这样正好！

王大仙　（愣）哦、哦，我是说带把儿的容易掉，也没准，关键在我的秘方保，你要女孩也行！我那祖传秘方分公母两方。

二　妞　这么神呐！

王大仙　那当然！

二　妞　不会还是那香灰神汤吧？

王大仙　哪能呢！一病一方，因人而异，救死扶伤、驱魔除恶我可是认真的！

二　妞　真的吗？（取出肚兜）那你看这是什么？

王大仙　啊！你竟然骗我，真是大不敬！不害臊！

李鹏飞　二妞，你这是？哦，我懂了！

张、李　怎么回事？

二　妞　王大仙，别再装神弄鬼了！你口口声声救死扶伤，村头钱奶奶喝了你的神汤，耽误了治疗、加重了病情，刚大出血被送进了医院，生病垂危。

王大仙　啊！这、这是个特殊情况！

二　妞　特殊情况？！我关注你好长时间了，你整天四处游荡，打探私情，然后乘虚而入、装神弄鬼、迷惑村民、骗取钱财，好几家上当受骗告到村部，他们都要找你算账呢！

张美珠　啊！我们也上当了！

王大仙　（惊慌）今天给你们免费，我、我回家还有事！（把刚骗的钱塞给张）

二　妞　别着急走啊，我今天来，真正的目的就是请你到村部去谈心谈话，接受教育，要驱魔除恶，得把你心中的魔先除掉，不能再祸害乡亲们了！

李鹏飞　好！

二　妞　走吧，村支书还等着你呢！

王大仙　啊?! 我、我……（装晕）

李鹏飞　掐人中！

二　妞　（故意高声）鹏飞，快把大仙的神汤拿来给她喝。

李鹏飞　（会意的）好嘞！

王大仙　哦，不不不，我醒了，不用喝神汤，我是心脏病，哦胃病……哦颈椎病，一起发作了，我走不了了。

李鹏飞　那就送医院。

二　妞　好，送医院，给她好好治治病！走！

　　　　〔众人一起搀扶着王大仙下。120 鸣声。

　　　　〔剧终。

戏剧小品

爸爸的家长会

倪 禹

人　物：赵亮，王涛，吴小凡——初二学生
地　点：学校男生宿舍

[幕启。赵亮正在整理床铺，吴小凡坐在床上，戴着耳机背英语课文……
[王涛匆匆地上。

王　涛　（高兴地）搞定！终于搞定！我爸答应明天来参加家长会了！哎，吴小凡，你爸敲定了吗？

吴小凡　（停下背诵，问）你说什么？

王　涛　（摘下吴小凡的耳机）唉——你个"假洋鬼子"，英语课代表就了不起呀？每次都逼着自己英语考98分以上，你想累死自己呀？

吴小凡　王涛，你别打岔！我还有最后一段课文没背完，快熄灯了，你让我背完！

王　涛　我不耽误你背英语课文，我只问你，明天我班只有爸爸参加的家长会，你爸答应了吗？

吴小凡　（不耐烦）答应了！

王　涛　他不是常年在国外工作，挣大钱的吗？

吴小凡　挣什么大钱？一个"洋打工"而已！他今晚飞上海，明天赶过来参加家长会。

王　涛　太好了！以前的家长会，大多是我们的爷爷、奶奶来参加的。

吴小凡　是啊。谁让我们是"留守儿童"呢！

王　涛　你多大了？还留守儿童？

吴小凡　错了，留守少年，好了吧？

王　涛　马校长说，一个健康的家庭，一个孩子的成长，爸爸的教育是不能缺席的，这一次是专门为咱们的爸爸召开的家长会！

[赵亮拿着毛巾洗漱用品出去。

王　涛　　（望着出门的赵亮）哎，亦凡，你瞧，赵亮同学这一回惨了。

吴小凡　　为什么？

王　涛　　（压低嗓门）他没有爸爸！

吴小凡　　你胡扯什么呀！

王　涛　　你不知道啊？

吴小凡　　他是孤儿？

王　涛　　他爸爸死了，妈妈是个哑巴，在上海打工。

吴小凡　　怎么可能？

王　涛　　（神秘地）我问你，赵亮是三个月前转学来的吧？

吴小凡　　是啊！

王　涛　　我听说，他爸爸得了绝症，三个月前死了，他妈妈要养活他，供他读
　　　　　书，要去上海打工挣钱，他们就搬到他姨妈家来住了，他就跟着转学到
　　　　　我们学校了。

吴小凡　　你这是道听途说！不可信。

王　涛　　消息绝对可靠。亦凡，你别看他大大的眼睛，漂亮的脸庞很有点"星味
　　　　　儿"！可是……还真的挺可怜的。

吴小凡　　（忽然想起）不对。你过来看，这是什么？

[吴小凡从赵亮的床头桌子上拿过来一个日记本。

王　涛　　日记本？谁的？

吴小凡　　这是赵亮的日记本，你翻开扉页看看，那上面写的什么？

王　涛　　（翻开日记本，念）亮亮：你的语文成绩不好，爸爸送你一个日记本，
　　　　　坚持每天写日记，好好训练你的语言能力。坚持下去，必有好处。爸爸
　　　　　　字。（吃惊）这不可能！不可能的！

吴小凡　　白纸黑字。那还能假了？

王　涛　　（自作聪明）这是假的！肯定是假的！

吴小凡　　假的？他为什么要造假？

王　涛　　他没有爸爸了，生怕别人瞧不起他，于是，他就……

吴小凡　　他就造假？没道理呀！

王　涛　　怎么没道理啊？日记，是很私密的东西，他为什么毫无顾忌地放在桌子
　　　　　上，他就想让你们看到，他有爸爸！

吴小凡　　完全没有必要！你再看看上面写的日期。

王　涛　　日期是三月十二日呀！

吴小凡　这是两个月前，照你说的话，他爸爸三个月前就死了，这是怎么回事？

王　涛　这……（吓得扔掉日记本）

吴小凡　王涛同学，谣言很可怕！人家明明有爸爸，你们……

王　涛　这绝对不可能！赵亮的姨妈跟我妈妈在一个超市里工作，她的姨妈告诉我妈这事的时候，我就在旁边，是我亲耳所闻。

吴小凡　那……这是怎么回事？

王　涛　（大惑不解）天呐！只有鬼知道了。

吴小凡　要不，等赵亮来了，咱们问问他？

王　涛　你笨啊！这种事情，怎么好问？

　　　　[赵亮端着脸盆回来。

吴小凡　（壮了壮胆子）哎，赵亮同学，学校明天的家长会，你爸爸能来吗？

赵　亮　来啊！一定来的。

王　涛　（大吃一惊）你爸爸他……能来？

赵　亮　能来。

王　涛　他不是……

吴小凡　他是说，赵亮同学的爸爸不是在外地吗？怎么……

王　涛　他是从哪儿来？是从地下……不不，从天上……

吴小凡　王涛，你扯哪去了？他爸爸当然是从家里来呀！赵亮同学，你说是不是啊！

赵　亮　当然。

吴小凡　这……赵亮同学，这一次学校召开的家长会，你知道为什么一定要请爸爸来参加吗？

赵　亮　马校长不是说了吗？主要是进行"责任教育"。一个男人，对国家、对家庭、对父母、对子女，都要有一份责任心，有了责任心，工作学习都不会放松了。

王　涛　可是，你的爸爸……

吴小凡　你的爸爸……

赵　亮　我的爸爸怎么啦？

王　涛　他是……

吴小凡　他是……

王　涛　你的爸爸真的是从地下……不不，这……

吴小凡　你的爸爸真的是从天上……不不，这……

王　涛　（认真地）这叫我们怎么说呢！

吴小凡　（尴尬地）这叫我们怎么说呢？

赵　亮　（平静地）你们是想说，我的爸爸死了？

王　涛　（拼命点头）不不，只是听说，听说而已！

吴小凡　（拼命摇头）不不，只是听说，不足信！

赵　亮　是的。我的爸爸是……死了。

王　涛　啊！那你怎么还说，他还要来参加家长会？

吴小凡　啊！真的啊！那你怎么还说，他还要来参加家长会？

赵　亮　你们不知道，我有一个比亲爸爸还要亲的亲人。

吴小凡　他是谁？

王　涛　这到底是怎么回事儿？你说啊！

赵　亮　（深情地诉说着）我原本有一个幸福的家庭，我爸爸是一家建筑公司的会计，妈妈虽然是个哑巴，可她在服装厂做工，我们的日子过得还不错。可是，半年前，爸爸生了一场重病，我们用尽了家里所有的积蓄，也没有能够救回爸爸的一条命，还欠下了一大笔债。妈妈为了还债，为了不让我中途辍学，她就只身一人去上海打工了。

吴小凡　（同情地）一个家庭的顶梁柱倒了，天也快塌了吧？

赵　亮　更严重的是，我的精神就要崩塌了。自从我们搬家到了这里，姨妈又帮我转了学，可我无心学习，成绩急速下降，我甚至想弃学，跟着妈妈出去打工。

王　涛　是啊，我们已经是男子汉了！不能让妈妈一个人吃苦受累。

赵　亮　可是，当他知道我的情况后，他把我叫到家里，帮我补课，还帮我申请特困补助。开始，我是逆反的，既不肯补课，也不要补助，只想着跟妈妈去上海打工。

王　涛　后来呢？

赵　亮　后来，他说，赵亮同学，你还是个未成年人，不能外出打工，你需要亲人的呵护，更需要老师和同学们的帮助。你到了这里，学校就是你的家，同学们都是你的兄弟姐妹啊！你没有爸爸了，如果你不嫌弃，我做你的爸爸，好吗？

王　涛　啊呀！这怎么行啊？爸爸可不是随便认的。

吴小凡　对啊！爸爸可以揍我，别人谁敢？

赵　亮　我也是这么说的。可是，他说，好的教育，就是情感教育、心灵教育；好的老师，就是学生的朋友，学生的亲人。

吴小凡　说得真好！

王　涛　赵亮，你认他当爸爸了？

赵　亮　（含着泪）吴小凡，王涛，你们知道什么叫亲人吗？他待我比亲人还亲呐!

王　涛　他分享你的喜怒哀乐，他与你心有灵犀一点通，他对你嘘寒问暖，他关心你的学习，关心你的生活，更关心你的心理健康。好爸爸都是这样的!

吴小凡　赵亮，你遇到好人啦! 真羡慕你!

赵　亮　他总对我说，成绩不好的同学，就像折了翅膀的天使，我们不能嫌弃他，更不能放弃他。有一次，我语文考试，10 道题只对了 6 道，他还夸我进步了，及格了，鼓励我继续努力!

王　涛　他到底是谁啊?

赵　亮　(拿起桌子上的日记本) 这是我爸爸送给我的，还有我爸爸的留言呢!

王　涛　(不好意思地) 对不起!

吴小凡　(歉意地) 赵亮同学，我们刚才看了——

赵　亮　后面还夹着一张我和爸爸的合影呢! 你们看见了吗?

　　　　[二人摇头。

赵　亮　看看吧! 和我合影的就是我的爸爸!

　　　　[二人把头摇得像个拨浪鼓。

王　涛　打死我也不敢看!

吴小凡　我也不敢——

赵　亮　看看吧! 我的爸爸，你们认识的。

王　涛　我们认识?

吴小凡　是谁呀?

　　　　[二人急忙打开日记本，取出一张照片。

王　涛　(看照片，大惊) 啊! 吴老师?

吴小凡　这不是我们的班主任吴老师吗?

王　涛　吴老师是你的爸爸?

吴小凡　什么情况?

王　涛　是啊，什么情况?

赵　亮　这个，我不太好讲。

吴小凡　有什么秘密吗?

赵　亮　也不算什么秘密。

王　涛　赵亮同学，告诉我们，别卖关子了。

赵　亮　两个多月前，孙云老师来我们学校做感恩教育讲座，同学们都请来了自己的爸妈，吴老师看见我孤独地坐在最后一排，他就特意坐在我的身旁，拉着我的手，与我约定，在只有我与他两个人的时候，他叫我"儿子"，我叫他"爸爸"。没过多久，他送了我这个日记本。

吴小凡　（恍然大悟）原来是这样！

王　涛　（指门外）赵亮，快看！吴老师来了。

　　　　［三个孩子齐声高喊："吴老师——"

　　　　［抒情的音乐声响起，他们朝门外的吴老师深情地望去……

赵　亮　明天，他一定会参加家长会的。因为，他是我的爸爸！

　　　　［剧终。

戏剧小品

穿越时空的 PK

倪 禹

地　点：国网南通供电公司比赛现场
人　物：现代战队：4 人组，分别来自运维班组、检修 1、检修 2、试验班组
　　　　未来战队：2 人组，来自运检组
　　　　比赛主持人：男，年富力强，主持非常具有煽动性
　　　　评　委：马博士，50 多岁，头发花白，智性，幽默
　　　　时　钟：由人扮演

[幕启。LED 大屏：穿越时空的 PK。后高区平台，设置立柱圆球灯一只；舞台中区一人扮演时钟。
[主持人伴随着音乐上场。

主持人　人们都说，家，是我们栖息的港湾；爱，是我们心灵的桥梁。供电人未来的"家"，也就是我们未来的"生命体"——未来班组到底是什么模样？来吧！让我们展开想象的翅膀！这里是国网南通供电公司的比赛现场，欢迎各位的到来！（掌声）一个个梦飞出了天窗，一次次想穿梭旧时光，让理想带着光与电跟我飞翔！各位观众，我是主持人阿力！现在，我很荣幸地为大家介绍出席今天比赛的评委，马伯伦博士，世界著名电力专家。哈，大功率呀！欢迎马博士！
[马博士出场与大家挥手示意。

主持人　下面，宣则。发电、变电、输电是我们供电公司的三大重要环节，缺一不可。今天，我们比赛的双方都是来自变电环节的队员。我们设置了同样的故障，耗时短的代表队胜出！
[一束光打在扮演时钟的人身上，钟扮演者使劲鼓掌。

主持人　嗨，钟大叔，你等等，一会儿你就派上大用场！
[时钟扮演者向大家挥手致意。

165

主持人　大家知道，变电环节的那些仪器，都是大家伙。为了更直观地看到比赛结果，现在大家跟我来，让我们一起聚焦舞台后区的那只立柱灯。看到了吗？现在，灯是亮的。我们设置了一个小小的故障，灯就会自动熄灭；如果排除了故障，灯就会自动亮起来！我们以灯最后亮起，为故障排除成功。在场的观众，听明白了吗？

　　　　　　［观众席：听明白了！

主持人　好！有请双方代表上场！（在音乐声中，两队队员向观众招手示意，走上舞台。）他们是参加今天比赛的，来自现代战队和未来战队的代表。好，我们现在抽签，决定比赛的先后顺序！（对两位代表）我这里有一枚一元硬币，我们抛硬币定比赛的先后顺序，谁抛到正面的先参加比赛，两位同意吗？

二队代表　同意！

主持人　好！谁先来？

未来战队代表　我！我代表未来，要走的路有很长很长，我得先来！

现代战队代表　我先来！凡事总有个先来后到，我是现在，你是未来，当然我得先来！

主持人　观众朋友们！今天的比赛肯定会相当的精彩！还没开场，就有了比赛的气氛！评委马博士，您老说说，谁先来？

评　委　我说，还是主持人来抛硬币吧，正面代表现代队，反面代表未来队，怎么样？

主持人　二位有意见吗？

二队代表　听专家的，没意见！

主持人　好！我抛了！走！（抛硬币，抛上，压住）

　　　　　　［二队代表争着向前看，主持人移开压着的手。

主持人　哈，现代战队先来先到，先出场比赛！

现代战队代表　（对未来队代表）还跟我争？哼！

主持人　二位代表退场。

　　　　　　［二位代表退场。

主持人　有请现代战队全体出场！现在走上舞台的是现代战队，他们是来自国网南通供电公司运检部的运维班组，检修部的检修一班组，检修二班组，试验班组的组员，大家为他们加油！

　　　　　　钟大叔，计时开始！

　　　　　　［掌声。主持人下。

　　　　　　［舞台后区灯灭。

[时钟扮演者张开手臂，作时钟运转状，开始工作。

运维班 我是运行部运维班组的成员，我得先报修！（从工具袋中取出报修单填写）报修单填好了，上报！（下）

检修一 我，检修一班组成员，我收到了变电故障报修单。去现场看看！（下）

运维班 （接电话，上）对，我是运维班组的，故障还没有排除，我们在半小时前就报修了。

[时钟滴答滴答的声音。

检修一 （满头大汗上，对检修二班组成员）哎呀，累死我了！查了半天，也没找到毛病，不是我们检修一班组的事情，（对检修二班组成员）检修二班组快去看看！

[检修二班组下。时钟滴答滴答的声音。

检修一 （对运维班组成员）唉，我们公司内部分工这么细，我只能干我检修一班组分内的工作。

运维班 可不是吗？我们只能管运行的事，以前我们可是一"家"的。

检修一 现在我们分了家，专业分工是细了，可是，一个流程走下来，没几个小时，不行啊！

运维班 听说，公司高层在酝酿组织结构优化的事，叫专业融合，我们又要成一"家"了。

检修一 真的？我们又要从专科医生，变成全科医生了。这真是太好了！

[检修二班组成员上。

检修二 好什么好？你们还有时间在这里扯闲篇！这故障也不是我们检修二的事儿！

检修一 （对检修二）看你，弄得这一身脏！唉——

检修二 （对试验组）肯定是你们试验班组的事！快！

[时钟滴答滴答的声音。

试验组 当然！我们是专治疑难杂症的。

检修一 （不服气地）就你们能？如果我们有你们那些设备，我们也行！

检修二 对呀！这走程序，何时是个头啊？

运维班 会有办法的！组织优化，效率一定会提高！

[时钟滴答滴答的声音。

检修一 嘘——别太大声，让试验组专心检修！

试验组 （用仪器测，松口气）看看，就这么个小小故障！拿下！

现代战队全体 我们是现代超强战队！耶！

[灯亮。

[现代战队造型。

[主持人上。

主持人 钟叔叔，累了吧？现代战队耗时多少？

时 钟 现代战队耗时 3 小时 20 分钟零 5 秒！累死我了！

主持人 现在，我宣布现代战队耗时 3 小时 20 分钟零 5 秒！接下来有请未来战队上场！

[未来战队二人在音乐声中推着他们先进的设备，悠闲地上。

主持人 现在，向我们走来的身穿洁白工作服的是未来战队班组成员。哇，这是什么新式武器？来，马博士，这个是我们供电公司的什么先进仪器？

评 委 科技发展到现在，人工智能、物联网、大数据已经走进了我们的生活，我们已经走进了"互联网+"的时代。科技创新，柔性管理，智能作业，改变着我们供电人未来家的模样！看，这是一台集运行、检修、自我修复为一体的智能修复仪，等会儿，它就会展现它的魅力！让我们一起期待！

主持人 马博士说得太好了！这里应该有掌声！

[主持人带头鼓掌，掌声。

主持人 好。是现代战队赢得胜利，还是未来战队赢得胜利呢？只有等我们的未来队比赛完成了，才能见分晓。有请未来战队！钟叔叔，你又要开始工作了！计时开始！

[主持人下。

[舞台后区灯灭。

[时钟扮演者张开手臂，作时钟运转状，开始工作。

[只见未来战队的两人同时开始工作，一人打开了电脑，进行着大数据的分析，一人拿着探测仪，在仔细地巡查故障点，不一会儿，就传来"嘟嘟"的声音。

未来甲 找到了故障点！

未来乙 输入数据，定好修复程序。

未来甲 （指令）启动修复程序！

[电脑报告：修复完毕！

未来乙 （指令）修复完毕，合闸送电！

[灯亮。

[主持人拍着手上场。

主持人 钟叔叔，未来战队耗时多少？

时 钟 太快了！未来战队耗时 5 分钟零 10 秒。

主持人 未来战队耗时 5 分钟零 10 秒。太快，太炫了！我在后台就喘了口气，只见电脑屏上不停地刷数据，不停地报告完成进度，还有这么好听的音乐！

时　钟 酷毙了！

主持人 太牛了！马博士，您给我们讲讲，未来战队为什么会有这样的超能力？

评　委 刚才，我已经说了一个重要的原因，是科技的进步！科技是第一生产力，它创造着财富，同时又解放了大量的劳动力。还有一个原因，就是科学管理，也能创造奇迹。我们现代战队成员提到了一个组织结构优化的问题，现代战队是一个专业很细、人员队伍庞大的专一型班组大家庭。到了未来战队，就变成了一个复合型的班组，我们通过全能型职工培育，一个新型的、复合型、全能型、智能型的未来班组诞生了！这是一个具备超强战斗力的班组，这就是我们的未来，这就是我们未来家的模样！

主持人 这就是未来家的模样！马博士说得太好了！（举起未来战队代表的胳膊）现在我宣布，未来战队获胜！（很长时间的掌声）有请领导为未来战队颁发"电力神"奖杯！

　　[发奖程序。未来战队手捧奖杯展示。现代战队全体成员造型合影留念。

　　[在优美的音乐声中。

主持人 一个个梦写在日记上，一点点靠近诺贝尔奖。观众朋友们，这里是国电南通供电公司的比赛现场，穿越时空的 PK，让我们找到了差距，增进了友谊，更让我们找到了未来的路，看到了未来班组的模样！朋友，只要你敢想，从小的愿望，到大的梦想，让我们一起快乐启航！

　　比赛到此结束！再见！

　　[剧终。

情景剧表演

男子汉的秘密

倪 禹

人 物：璞　石：10 岁，五年级学生
　　　　小　磊：10 岁，璞石同学
　　　　爸　爸：38 岁，璞石爸爸
　　　　奶　奶：65 岁，璞石奶奶
地　点：璞石家，校园

[所有角色都由学生扮演。

[背景处理。如有电子大屏，背景由大屏出。如没有，则做一块背景板，两面贴上家里和学校的画面。

[幕启。舞台上布置简单，一块背景板，一面贴着璞石家的全家福。奶奶系着围裙忙碌着。爸爸在看一张报纸。璞石背着书包，没精打采地回家了。奶奶见状，急忙接过书包。

奶　奶　小石头，回来了，吃饭了！

璞　石　奶奶，跟你说过多少次了，不要叫我小石头！

奶　奶　不叫小石头叫什么？叫小宝？叫宝玉？

璞　石　更俗气！不理你了！

爸　爸　(放下报纸) 怎么又跟奶奶生气了？不礼貌吧！

璞　石　这回我惨了！就差一票！

爸　爸　什么就差一票？

璞　石　选中队委，我就差一票没超过半数。

爸　爸　你落选了？

奶　奶　难怪今天我们家小石头回来不开心，以前回来像个八哥似的。

璞　石　又叫我小石头，抗议！

爸　爸　璞石，心情不好可不许耍脾气呀！

170

奶　奶	差一票？你没让小磊给你拉拉票？	
璞　石	别提他！他都没投我的票，还帮我拉票？	
奶　奶	你们两个好得像多了一个头似的，怎么会不给你投票？	
爸　爸	奶奶说得对，他为什么不投你？	
奶　奶	不投就不投吧，不当那个什么中队委，我们还有更多的时间学习呢！当了中队委，会做很多事，那样你的成绩还会在班上保持前几名？	
爸　爸	话不能这样说，做了中队委，不影响学习的。你看我，那时上小学还是大队委呢，学习成绩照样在年级数一数二。	
奶　奶	那是，我们家祖传的，学习好！	
爸　爸	妈，你去张罗一下饭菜，我们父子两个来好好聊聊这事！	
璞　石	这是男子汉之间的秘密！	
奶　奶	（笑）还男子汉！还秘密！好，我去厨房，你们聊！	

[奶奶边说边下。

爸　爸	（对璞石）现在奶奶不在这边了，你可以告诉我是怎么回事了吧？
璞　石	小磊一定还在怪我！他没选我，周围的同学也跟着他不投我的票！
爸　爸	你们两个是好同学，好邻居，好朋友，不应该呀！
璞　石	对，他生我的气，这些天上学、放学也不跟我一起走了。
爸　爸	那是为什么呀？
璞　石	为什么？是——哎——我不能说，说出来，好像对他不好。
爸　爸	璞石，你信不过爸爸？
璞　石	不是！
爸　爸	有什么心事还是跟爸爸说说，看爸爸能不能帮你解决。
璞　石	好吧，爸爸，你一定帮我保守这个秘密，不要告诉小磊的爸爸和妈妈！
爸　爸	（伸出两根手指）好，这是我们男子汉之间的秘密！我一定保密！
璞　石	好吧。就是几天前的英语考试，小磊向我发出了 SOS 信号，我没救援他。
爸　爸	哦。
璞　石	那天考完试放学的时候，他对我说："哼！平时一起玩得挺好，关键时刻见死不救。你学习好，别理我好了，有什么了不起！"。
爸　爸	就因为这个，他不理你了？
璞　石	嗯，上学、放学都不跟我一起走了。课后，也不跟我一起玩了。这次选中队委，他不选我，还拉着一帮同学不选我。
爸　爸	璞石，你想想，你有没有做得不对的地方？
璞　石	我没错啊！考试时我怎么能帮他呢？这不是作弊嘛！真冤枉！不行，

　　　　我要把事情说清楚！

爸　爸　你如果早点说清楚，就没有现在这样的僵局了。你打算怎么做呢？

璞　石　我明天找田老师去！找他家长！

爸　爸　呵，这事被他爸爸知道了可不得了。他爸爸肯定揍他！你刚才还让我不要告诉他的爸爸、妈妈。

璞　石　是啊。那我放他一马，明天去找班委会，让班委们批评他！

爸　爸　那你们班会炸开锅了！你想啊，小磊在你们班还能抬得起头来吗？

璞　石　那咋办？这也不行，那也不行，我就白白被他们冤枉死？

爸　爸　仔细想想！有没有两全其美的办法？

璞　石　让我想想……对，有了！

　　　　[奶奶上，招呼父子俩。

奶　奶　你们父子俩的悄悄话还没说完啊？吃晚饭了！

爸　爸　好了，我们吃晚饭去！

奶　奶　小石头呀，人不大，心思倒不小！

爸　爸　爱思考的孩子有出息！

奶　奶　你呀，还不如夸你自己呢！

爸　爸　哈哈，都得夸！谁让我们家基因好呢！

　　　　[三人说笑着下。

　　　　[背景板变换出学校的画面。

　　　　[下课铃响了。

田老师　今天的课就上到这儿。Get out of class！

　　　　[同学们起立，陆续走出。田老师叫住璞石。

田老师　璞石同学，你等等，这里有你的一封信。

璞　石　我的信？太好了！

田老师　璞石，是星心信箱的回信，你给星心信箱写信了？

璞　石　（点头）嗯。

田老师　有什么心思能告诉老师吗？

璞　石　这是秘密！

田老师　还秘密呀，好，老师不强求你。有心思可以向星心箱写信求援！但是，不要因为有心事而影响了学习！

璞　石　好的，田老师，我不会影响学习的。

田老师　我相信你，璞石同学，加油！

璞　石　谢谢老师！

田老师　好，下课就出去活动活动。

璞　石　好的，老师！

田老师　再见！

璞　石　老师，再见！

　　　　[璞石正要看信，小敏同学来了。

小　敏　璞石，我们来复习一下刚才老师讲的单词。

璞　石　小敏，我好像要去下厕所，等会儿，我们再一起复习，怎样？

小　敏　好的，璞石同学。

　　　　[璞石拿了那封信藏在口袋里，他躲在一个角落里读信。

　　　　[画外音：璞石同学：你好！你是一个讲诚信、有原则的孩子。自己努力学习，心中还有他人，从你对待朋友的态度上能感觉到你的友善。做一个友善的人，既要讲原则，也要注意方法。星心信箱。

璞　石　既要讲原则，也要注意方法。

　　　　[这时小亮走近，璞石也不知道。

小　亮　璞石，干什么呢？

璞　石　(吓一跳，藏信) 没什么！

小　亮　没什么，你躲在角落里看，还藏着掖着？你不会是没当上中队委生我的气吧？我那也是看不惯你，成绩好点就翘尾巴了，就不帮你最好的朋友小磊了。

璞　石　我哪有？

小　亮　还不承认，小磊都告诉我了。你看看，这些天上学、放学你和小磊都不一起走了。

璞　石　你会看到我们还是一对打不散的好朋友，好兄弟！

小　亮　拭目以待！

璞　石　等着我的好消息！Let′s go home together after class!

小　亮　OK！Let′s go home together after class!

　　　　[放学路上。小敏、璞石正一边走，一边复习着英语。

　　　　[小磊和小亮从后面追上。

小　亮　你忘记我们的约定了？

璞　石　没有！

小　磊　璞石，谢谢你啊！

璞　石　谢我什么呀？

小　磊　多谢你用小纸条提醒我背诵英语单词，不然下午默写我肯定又忘了。

璞　石　嘿嘿，我多善解人意呀！就知道你会忘。明天有口语交际考试，不会忘吧？

小　磊　（羞愧地）璞石，我对不起你！可你却……

璞　石　不许说！这是我们男子汉的秘密！

小　磊　你真是我的铁哥们儿！

璞　石　本来嘛。

小　磊　嘿嘿，璞石，向你求助，你好人做到底，陪我练练口语吧！

小　敏　欢迎加入我们的队伍！

小　亮　两位学霸也带上我呗！

璞　石　没问题！我想到了一个好办法，走，去我家……

小　磊　好啊！我已经好几天没去你家了，我怪想好奶奶的！

璞　石　好奶奶也想你了，这两天天天念叨呢。

小　磊　璞石，你没告诉她什么吧？

璞　石　哪能啊？

小　敏　你们在说什么呀？

小　磊　这是我们男子汉的秘密！

小　亮　呵，还男子汉的秘密，我怎么不知道？

璞　石　天机不可泄露！

小　磊　谢谢你！璞石！

璞　石　哈，不要再浪费时间了！向我家进发！Let´s go！

　众　　Let´s go！

　　　　［在孩子们的欢歌笑语中，幕徐徐落。

　　　　［剧终。

音乐剧小品

四季·梦

倪　禹

人　物：2男，4女
时　间：现代
地　点：南通市

[幕启。LED屏变化着各种各样的图画。
[音乐响起，舞台上变幻着缤纷的灯光。
[一男一女从舞台的两侧上场。
[男追赶着女，在舞台上奔跑。

男　小桃，你做梦吗？那种色彩缤纷的梦？

女　大李，当然，我爱做梦！我们农业发展银行的每个人都爱做梦！

男　对，那些梦不但有色彩，还有温度！

女　是啊，那些梦似梦非梦！有温情，有激情！

男　（唱）一不小心闯入梦的家，
　　　　　梦的家很大很大。
　　　　　春天里满园盛开着缤纷的花，
　　　　　冬日里围坐在火炉旁，
　　　　　把那温情的话儿拉。

女　（唱）一不小心闯入梦的家，
　　　　　梦的家很大很大。
　　　　　白日里太阳织出美丽的霞，
　　　　　晚风中奔跑在星光里，
　　　　　追赶唱着歌谣的他。

男、女（合）啊，梦是理想绘就的画，
　　　　　梦是人生筑成的家。

春·水

[LED 屏变幻着春天的景色。

[长江边某蓄水库工地，机器轰鸣，工地上一片繁忙景象。

[一对挎着小篮子的老年夫妇搀扶着上场。

男 老太婆，你快点，慢了，就赶不上人家的午饭了。

女 不要急，要是跌一跤，草鸡蛋就跌破了！

男 这草鸡蛋快送给建水库的小伙子们吃，赶上做午饭！

女 老头子，听说这个蓄水库建好了，就是长江里水给污染了，也够我们江北两个县的几百万人用一个星期的？

男 当然。这个工程啊，是农业发展银行贷款建的。就是帮我们贷款建楼房的那个农发行！

女 老头子，这么大的工程，那要多少钱啊？

男 不知道，那该上亿的吧？听说，在我们镇搞高标准农田投资了 2.5 个亿。

女 2.5 亿是多少钱？

男 多少钱……对了，毛主席诗词里有"六亿神州尽舜尧"，2.5 亿就是将近一半中国人那么多吧！

女 老头子，你还蛮有文化的。

[农发行的支行长上。

行 长 大爷，大妈，你们这是去哪啊？

男 去水库建设工地，给小伙子们送点草鸡蛋！

行 长 那我们一块儿走吧，我也去水库。

女 你是哪块的，你也去水库？

行 长 大妈，我是农业发展银行的，我也去水库工地看看！

男 老太婆，他就是农发行的，我们的大恩人啊！

行 长 我是农发行的，恩人谈不上！

男 （送鸡蛋给行长）来，这篮鸡蛋你一定收下！

行 长 不，不，我们还是送去工地吧。

男、女 好，我们一起去工地！

[幕后唱：春来了，春来了，
暖暖的春风吹开了，

吹开了水库的万顷碧波，
吹开了乡里人幸福笑脸。
春来了，春来了，
春天的水库荡漾着，
荡漾着，农家的欢声笑语，
荡漾着，我们的甜甜蜜蜜。
好梦，一天天。

夏·粮

[LED 屏变化出夏的景色。

[一对男女扮演一对恋人上。

男　梅，这么巧，你也来卖粮？

女　海，把你们家的拖拉机挪一挪，我们家的小四轮停不稳当。

男　梅，嫌我们家穷？我们家的拖拉机自然比不上你们家的小四轮。

女　海，天这么黑了，卖粮的队伍排了这么长，什么时候才轮到我们？在这时候，我们要一致对外。

男　一致对外？你是说，我们？

女　对，看你美的。

男　你把我当家里人，我还能不美？

女　好，你美，快去挪挪你的拖拉机。

男　好嘞。

[二人同下。同时，农发行的一男、一女两个职员上。

男　小花，你看，卖粮的队伍这么长！

女　今年小麦大丰收了！哎，不要叫我小花，我又不是你家的宠物！

男　那叫你什么？花大姐？还不如小花呢。

女　叫我小悦姐！今年大丰收，是高标准农田显神威了！听说今年的蚕农的收获也不错，下次你去海安，一定帮我带些丝巾回来！

男　遵命！一定把你打扮成名副其实的花大姐。

女　去你的。

男　（唱）听一朵花开的声音，
　　　　　心里好愉快。

女　（唱）看一片红叶的绽放，

177

美丽又可爱。

男　（唱）让梦的翅膀张开。

女　（唱）让爱的激情澎湃。

男　（唱）丰收的季节，人人笑逐颜开。

女　（唱）幸福的世界，快乐永远常在。

秋·渔

[LED 屏变幻出海边渔港的景色。

[两女扮成母女在补渔网。

母　亲　死丫头，你总是心不在焉的，看看，这个洞又没补上。

女　儿　妈，都什么年代了，还补渔网！

母　亲　不管什么年代，咱渔村的男人都要出海捕鱼，渔村的女人都要学会补网！

女　儿　妈，将来啊，我一定要像海鸥一样，飞出咱渔村，你信不？

母　亲　女儿有梦，妈妈自然高兴！不过，妈妈更希望你留在身边。

女　儿　（撒娇）妈，我知道你离不开女儿，更离不开爸爸！以前，爸爸每次出海，你都在家里祷告海神，现在好了，爸爸的渔船变大了，我们的渔港也变大了。我再也听不到你梦中的哭声了。有一次，我还听到了你在梦中笑了呢，就是那种，睡着了，笑醒了！

母　亲　（嗔怪）你呀，就知道讨妈妈开心！

女　儿　妈，听说，我们这个新渔港的建设花了 15 个亿，都是农业发展银行贷款的？

母　亲　农发行的人真好！围垦造田就是他们先搞起来的，现在又搞了这个江苏东方第一大渔港，不但打鱼的安全了，而且还防止了海水倒灌，损害农田。

女　儿　对，这样，女儿就可以放心地远走高飞了。

（唱）哦，妈妈，

我是一只快乐的风筝，

飞向蓝天，飞向大海，

飞不出妈妈的思念。

哦，妈妈，

我是一只翱翔的海燕，

　　　　　　飞过高山，飞过大海，
　　　　　　飞向我梦中的蓝天。

母　亲　（唱）哦，孩子，
　　　　　　飞得再高也常回家看看，
　　　　　　爸爸的船，家乡的港，
　　　　　　还有我——想你的亲娘。
　　　　　　哦，孩子，
　　　　　　飞得再远也别忘了渔港，
　　　　　　满舱的鱼，满船的歌，
　　　　　　这是你，美丽的家乡。

冬·路

　　[LED 大屏变化着各种数据。
　　[路口。大雪纷飞。
　　[两男、两女从不同的地方汇入路口。

女　甲　这么大的雪啊！这个鬼天气，还让不让人过年了？也不知道我家的拆迁
　　　　款能不能拿到？

男　甲　你呀，为了你们能住上楼房，我在这个工程上垫进去多少，你知道不？
　　　　（伸出一只手翻了翻）

女　甲　多少？100 万？

男　甲　你也太小看我了！再乘以这个！（用两指作十字交叉）

女　乙　1 000 万！

女　甲　你是大老板，有钱！

男　甲　那都是农民工兄弟的血汗钱！

女　乙　听说农发行的行长冒着大雪，亲自到省里去拿批签了。

男　乙　快到了！乡亲们，欠你们的，很快都能还上了！

男　甲　你是县长，还是县委书记？好大的口气！

女　乙　他是分管农业的吴县长，他和大家一起等陈行长回来！
　　　　[陈行长风尘仆仆地上，吴县长迎上去，四手交握。

陈行长　吴县长，你怎么站在这雪地里呀！

男　乙　我和乡亲们都盼着你的好消息呢！怎么样？

陈行长　我不但拿到了建设新型社区的贷款批文，我还带回了建设农村道路（镇

镇通）的批文。

男　甲　太好了！要想富，先修路！

男　乙　对，我们的路，不但镇镇通，村村通，我们还要把路修好，通向省城。

女　甲　通向全国！

女　乙　通向全世界！

陈行长　对，那是一条通向幸福的康庄大道啊！

　　　　（唱）有梦的冬天盼着春风。

　　　　　　　冰雪中孕育万紫千红。

男　乙　（唱）有梦的乡亲盼着富裕，

　　　　　　　风雨中铸成希望之梦。

众　人　（合唱）有梦的路上奔跑着你和我，

　　　　　　　　美丽的传说就是明天的生活。

尾　声　《中国梦》。

　　　　（合唱）爷爷的爷爷做过这个梦，

　　　　　　　　梦的是世道太平，

　　　　　　　　祈祷一路平安，

　　　　　　　　度过春夏秋冬。

　　　　　　　　妈妈的妈妈做过这个梦，

　　　　　　　　梦的是风调雨顺。

　　　　　　　　盼望春华秋实，

　　　　　　　　为了父老弟兄。

　　　　　　　　自强的儿女接过这个梦，

　　　　　　　　梦的是民富国强。

　　　　　　　　实现民族复兴，

　　　　　　　　共圆咱中国梦。

　　　　[优美的音乐声中，造型。

情景剧

嘉雯的微博

葛　豪

时　间：当代
地　点：嘉雯的微博
人　物：嘉雯、护士长、舒雨、小丽、其他护士

　　[幕启。嘉雯在微博里喊：我实在受不了了……嘉雯出场。
　　[音乐《最初的梦想》，大屏播放院党委及党建工作场景，二演区一个演员独舞，与嘉雯的心情相得益彰。

嘉　雯　我叫嘉雯，大学毕业后，被白衣天使的称号吸引加入护士行列……谁知道我所在的一病区是全院最拼的一个病区，每样工作都要争第一，除了周而复始的值班、护理、抢救，就是学习考核、再学习再考核；护理工作行为规范、执业资格考试，最要命的是还开展党员星级评定，看着同事们标牌不是五星就是四星，我这个二星级在这个队伍里一直那么扎眼……还让人喘气吗？

　　[舞者隐去，大屏转换网页打字页面：这些天我们病区里发生了很多事，而且都与我有关……

嘉　雯　这些天我们病区里发生了很多事，而且都与我有关……（下）
　　[救护车鸣笛声，汽车关门声。画外音：快，送抢救室。纷乱的脚步声……画外音：心跳？70，血压？120，准备手术……
　　[光启，小丽疲惫地上，累瘫坐在地上……

小　丽　（舒雨上，拿出手机偷拍，小丽发现跳了起来）喂，舒雨，你偷拍我狼狈样……（追）

舒　雨　（逃）行了，我认输，我把照片删了……哎，小丽，今天这一天可真够忙活的，四台大手术，六个急诊收治，鞋底都快跑穿了。

小　丽　不跑不行啊，时间就是生命，每次只要看到患者转危为安，是我感到最

181

欣慰的事情。

舒　雨　真佩服外科王主任和护士长他们，专业精湛不说，而且精力是那么的充沛，每天都跟打了鸡血似的。

小　丽　他们都是五星级党员，真是把患者当作自己的亲人对待，每个细节都值得咱们学习……

舒　雨　说到学习，一会儿还要过组织生活，主要是党建标准化建设知识培训，听说还要举行比赛，这次我们一定要拿团体冠军。

小　丽　团体冠军？哈，不行啊，有人在拖我们病区后腿啊。

舒　雨　谁？

小　丽　还能是谁？我走了，先洗个热水澡，零点我接大夜班……

舒　雨　你是说嘉雯？

小　丽　一个新进的大学生，据说在学校里就加入了党组织，可是我总觉得她在思想上还没入党。

舒　雨　她既然加入了我们这个团队，就应该快速融入这个集体。怎么党建知识测试屡次不达标呢？（嘉雯上，听到二人对话）

小　丽　我给她总结了一下，就一个字：懒！

舒　雨　还真是，要是这么懒就别选择护士职业。不说她了，我真是累坏了，现在最希望的就是让她早点调离咱们病区……

舒　雨　没错，免得她耽误了咱们梦寐以求的团体冠军……（略显惶恐）嘉雯！（嘉雯生气地虎着脸）

舒　雨　嘉雯你别生气，我们没别的意思……

小　丽　（忍不住）我说的是事实，你业务领先是不错，可思想不领先，整个一病区成绩都要受影响，护士长正为这事儿着急呢，你倒跟没事儿人似的。

　　　　［争吵中护士长上。

嘉　雯　你管得着吗？我就这样怎么了，我还不稀罕在这儿呢。（病例资料抛向空中撒了一地）

护士长　你们这是干什么？

众　人　护士长……

护士长　嘉雯，把资料捡起来！（嘉雯不情愿地弯腰捡材料，舒雨和小丽欲帮忙）让她自己捡！（嘉雯觉得委屈，捡起资料转身急下）

舒　雨　护士长，我……

护士长　你们俩比嘉文早一年参加工作，既是她的同事，也是她的师傅，党员的传帮带的作用怎么起的？我们更多的是要帮助她成长……我不多说了，这件事该怎么解决，你们好好想想，还有我们要关注她的微博，她好多心里话都是通过微博在倾诉，这也许是当下的年轻人的流行做法，我们何不也通过微博留言来走进她的心里……

　[网页页面（模仿有人打字，一个字一个字地敲进去）（嘉雯白）经过了这件事，我的心情非常沮丧。当一名光荣的白衣天使是我最初的梦想……可这支作风顽强、精干过硬的护理队伍，我什么时候才能融入？日子一天天过去，那天我的微博对话框里有了好几条关注留言……

小　丽　嘉雯，我是小丽。用这种方式向你道歉你不介意吧？我是你的同事，更是你的姐姐呀，明天下班后，我们一起聊聊好吗？

舒　雨　嘉雯，我是舒雨。想说的话很多，还是先对你说声对不起。我今天购买了两套党建知识复习资料，一套是送给你的，咱们一起学习好吗？

护士长　嘉雯啊，我们每个人都有像你一样的经历，努力打造一支与现代医疗机构建设相匹配的高素质护理队伍，是时代的要求。希望你能在平凡的岗位上见证着自己的不平凡，让我们共同努力，一起进步好吗？

舒　雨　小丽，嘉雯回复了没有？

小　丽　没有，你呢？（舒雨摇头）

护士长　别着急再等等，会来的……

　[幕布后飘出了几个纸飞机，护士长、小丽、舒雨各拿起一张。

　[画外音：三人重唱的方式："我深深地向你们致歉，因为我而使得整个团队气氛不和。现在我终于明白了，梦想的实现只能在点滴积累中焕发，远大的抱负只能在不断实践中才能升华。有幸成为一病区大家庭中的一员，让我学到了很多，相信我，从今天起，你们就是我的旗帜和标杆，我一定好好努力，不让我胸前的党徽沾染一丝阴霾。"

　[微博的门打开，嘉雯自里面走出。

众　人　嘉雯……

嘉　雯　请让我重新开始，好吗？

　[两个舞者翩翩起舞，一个代表老党员的引领，一个代表嘉雯虚心学习，逐渐成长……

　[嘉雯分四个场景努力工作……

小　丽　长江后浪推前浪——

舒　雨　前浪倒在沙滩上。

护士长　照你们这么说，那我都倒好几回了。（众人笑了）嘉雯，准备好了吗？

嘉　雯　准备好了。

小　丽　嘉文你真棒，你现在是五星级党员，还能代表咱们医院角逐初心杯。

舒　雨　别紧张，赢了我是你师傅，输了你是我徒弟。

护士长　这不一样吗。嘉雯，去吧，我们是你的后援团。

嘉　雯　护士长，二位师傅，你们瞧好儿吧，你们一定要为我加油啊！为我加油
　　　　——（下）

　　　　〔画外音　初心杯党建知识竞赛即将开始，请选手就位。

护士长　嘉雯加油！

舒　雨　嘉雯加油！

小　丽　嘉雯加油！

三　人　嘉雯加油！

舒　雨　（激动地）嘉雯赢了！

三　人　耶！（定格）

嘉　雯　（从微博走里出来）这就是我的成长经历，这就是我可敬又可爱的师傅
　　　　们，这就是记录着我从泪水到欢笑的微博。在这个积极奋进的大家庭
　　　　里，我坚信我的座右铭：总结昨天，珍惜今天，开拓明天！

　　　　〔剧终。

小 品

山村脱贫协奏曲

葛 豪

时 间：当下
地 点：马关县某村委会
人 物：三赖：男，30多岁村民
　　　　桃花：女，30多岁，村民
　　　　王支书：男，30岁左右，村支书

[幕启，村委会办公室，远景山坡上有标语：脱贫攻坚，马关领先。
[大喇叭播音：三赖叔、桃花姨，听到广播马上到村委会！马上到村委会！
[桃花伸懒腰啃着烧饼上——

桃 花　这王支书，真讨厌，睡得正香，大喇叭就响了！真是的……

三 赖　（跑上）哎呀，大喇叭早不叫晚不叫，刚要自摸它就叫，真晦气……哟，桃花妹子，你也来了？

桃 花　你当我愿意来啊，昨晚在KTV唱歌回来，才睡了12个小时就被吵醒了！

三 赖　啊，12个小时都没睡够啊？香蕉园不管了？

桃 花　管啥？挂职的乡长要走了，我总算解放了。三赖哥，你的香蕉园也不管了？

三 赖　乡长一走就没人盯着我种香蕉了，赶紧（摸牌状）娱乐娱乐、享受享受。

桃 花　咦，你眼圈这么黑，又打牌打了一宿吧？

三 赖　（兴奋）一晚上我手气真旺，听啥牌就来啥牌，不是清一色就是混一色……

桃 花　（不耐烦）可王支书还盯着呢，真是没事找事。
[王支书上，走到三赖身后。

185

三 赖	王支书他吃饱撑的，我要找他赔我的胡牌损失费！
王支书	我赔你个媳妇要不？
三 赖	那敢情好。（一看王支书）呀，王支书，你啥时冒出来的？
桃 花	呀，王支书，看你这眉头皱得跟个包子似的。
三 赖	啥事把你愁成这样？
王支书	丢脸！真丢脸！
三 赖	桃花谁丢脸了？
王支书	我。
桃 花	你生活作风出问题了？
王支书	谁作风出问题了？咱村的 GDP 下降了！
三 赖	我以为啥事，鸡放屁，你丢啥脸？
桃 花	我活这么大还没见过鸡放屁呢！
王支书	什么鸡放屁啊！没文化多可怕，GDP 就是全村总收入。我们从第一名掉到第二了。
三 赖	又不是倒数第二。
桃 花	这还是前三呢！
王支书	你俩心倒挺宽。
三 赖 桃花	我俩又不是支书。
王支书	啥？
三 赖	（打哈哈）哎呀，你找我俩到底啥事嘛？
王支书	来，叔，姨，二位请坐。我们村的名次不是下降了吗？
三 赖 桃花	嗯。
王支书	挂职的乡长说不好交代，所以要我今天给他个交代。
三 赖 桃花	（无所谓）挂职嘛，反正他要走了，交代呗。
王支书	要不你俩替我交代交代？
三 赖 桃花	行啊。（反应过来）啊？交代？交代啥？
王支书	乡长让我查明原因，抓反面典型。你们是村里最先脱贫的，一定要帮我交代交代，帮帮忙……
	［三赖和桃花面面相觑。
王支书	放心，将来有你们的好处！
三 赖 桃花	好处？
三 赖	我以为是啥事呢！
桃 花	不就是背黑锅嘛？（对三赖）背这个锅会不会有啥影响？
三 赖	我们小老百姓，能有啥影响，没影响。

桃　花　王支书，啥也别说了，我愿意。

三　赖　我也愿意，我也愿意背。

王支书　谁背这个锅，不是，你俩谁当反面典型？

桃　花　谁当都一样，赶紧的，我还得回去睡美容觉呢！

三　赖　我还得回去接着打牌呢！（发现口误）不是，我说我俩猜拳呢。

桃　花　（不耐烦）猜拳猜拳。

王支书　猜拳好，公平合理，对了，那个黑榜正好做好了，选出谁就把照片往黑榜上面一贴……

三　赖　桃花　黑榜？啥黑榜？

王支书　每个村不是都有脱贫黑红榜嘛，乡长说了，找出反面典型只是第一步，最关键的是要把照片贴在黑榜上，就挂在马路边上，让南来的、北的往每天都能看到……

三　赖　王支书，您等会儿，我们再商量商量……

王支书　商量啥啊，到底谁上啊？

三　赖　我们再商量商量……桃花妹子，咱别猜拳了，我把这个荣誉让给你。

桃　花　我让给你。（二人推让）

桃　花　三赖哥，黑榜我可不能上。

王支书　你咋不能上呢？

桃　花　镇不住，我本事没有他大。

三　赖　你可别高抬我呢，还是你本事大！（二人推让）

王支书　我倒想听听，你们两个到底谁的本事大？

三　赖　桃花　他/她！

三　赖　她，贷款包下两座荒山。

桃　花　他，借钱拓展了香蕉园。

三　赖　她是白天干晚上干，把荒山变成果园。

桃　花　他是夏天干冬天干，把香蕉销往海外。

三　赖　我就没见过这么勤劳的女人；

桃　花　我就没见过这么踏实的男人。

三　赖　谁娶到她呀，是造化！

桃　花　谁嫁给他呀，是福气！

三　赖　是永结同心！

桃　花　是百年好合！

三　赖　永结同心……

王支书　咋还牵扯到婚姻问题了，到底谁上黑榜？

二 人	（互指）她 \ 他！
桃 花	（把烧饼给支书）拿着……（抓住三赖的指头）三赖哥，我平时对你好吗？
三 赖	（害羞）好。
桃 花	那你忍心让我一个女人上黑榜？
三 赖	不忍心。
桃 花	三赖哥，你是最有男子汉气概的，我靠山山倒，靠人人跑，靠你三赖哥，绝对错不了！
三 赖	（得意）不就是上黑榜吗？我上。谁让咱是有担当的男人呢！
桃 花	你上？
三 赖	我上！
桃 花	好！三赖哥你放心，有机会我一定报恩！
三 赖	报恩？咋报？
桃 花	想咋报咋报。（三赖点头）王支书，三赖哥愿意，他上！
王支书	真的？
桃 花	嗯，我的那个饼呢？（支书还烧饼，桃花对三赖）上啊！
王支书	好，叔，姨，请坐……等到在全村人面前检讨的时候，你可要深刻一些啊，要推心置腹一些啊……
三 赖	（一惊）啥？检讨？不是上黑榜嘛，咋又要检讨呢？
王支书	乡长说，上黑榜只是第一步，最重要的是告诫全体村民，你做错了什么，怎么才能起到警示作用。
三 赖	好家伙，这越闹越大了！
桃 花	（感觉势头不对）王支书，你俩聊着，我先走了！
三 赖	（阻止）别别别，我们再商量商量。
王支书	你看你，定都定了又商量，来不及了，乡长等着回话呢……
三 赖	耽误不了，耽误不了。（桃花又想走）桃花妹子别走。
桃 花	干啥？
三 赖	妹子，我不是不让你走，（坏笑）你报恩的机会来了。
桃 花	啥意思啊？
三 赖	桃花妹子，要只是上黑榜，我义不容辞，可是做检讨，我就不能同意了。
桃 花	咦，你咋说话不算话！
三 赖	桃花妹子，你听我解释……
桃 花	我不听！你还说自己是有担当的男人，我呸！

王支书　别呸了，二位脱贫带头人，不就是做个检讨吗，都找找毛病吧！

桃　花　我没毛病

三　赖　毛病……脚气算不算？

王支书　你这态度要端正。唉，你们必须认清自己的毛病。

桃　花　王支书，他的毛病我知道。

王支书　你说。

桃　花　他啊，喜欢赌博，早上炸金花，中午斗地主，晚上打麻将，别的男人忙
　　　　着赚钱讨老婆，他尽忙着赌博！

王支书　你还关心他的个人问题嘛。

桃　花　咦，我是替他害臊，谁要是嫁给他呀，还不如嫁只狗！

三　赖　你咋这说话呢？好，你无义别怪我无情！王支书，她的毛病我也知道。

王支书　哦，她啥毛病啊？

三　赖　懒！

王支书　懒？

三　赖　可不是吗？

王支书　她有多懒呐？

三　赖　猪啥样她啥样！她成天吃饱睡，睡醒玩，玩了吃，吃了再睡！谁要是娶
　　　　她啊，倒了八辈子的霉了！

桃　花　咦，（摔烧饼）刚才还说娶到我有福气，你狗脸啊，说变就变啊？

三　赖　你还说嫁给我是造化呢！你变得更快！

桃　花　哼，彼此彼此！你这个赌鬼！

三　赖　懒猪！

桃　花　赌鬼！

三　赖　懒猪！

桃　花　赌鬼！

　　　　［二人互呸，王支书拉架，啐了王支书一脸……

王支书　（对三赖）赌？（对桃花）懒？桃花姨，三赖叔都跟哪些人赌啊？

桃　花　可多呢，前村后村，好多人都跟着他，他现在是赌博成风！

三　赖　王支书，她也不是省油的灯，村左村右，好多女人都被她带懒了，懒惰
　　　　成风啊！

桃　花　赌博成风！

三　赖　懒惰成风！

桃　花　赌博成风！

三　赖　懒惰成风！

王支书　别吵了！（对三赖）你有赌博的毛病啊！

桃　花　治治他！

王支书　（对桃花）你有懒惰的习惯啊！

三　赖　教训她！

王支书　这么说你们俩就是我要找的反面典型！我决定了……

三　赖　桃花啥？

王支书　把你们俩都写上去……

三　赖　**桃花**　唉唉唉！王支书！不能写啊！

王支书　（指笔记本）写上了。

　　　　〔三赖、桃花惊慌失措。

三　赖　王支书，这可不行啊！

桃　花　王支书，这忙我们不能帮！

王支书　二位，请坐。

三　赖　（刚要坐，吓得跳起来）我不坐，坐下来准没好事。

桃　花　我也不坐。

王支书　那就站着说。待会做检讨的时候，记者也会来！

三　赖　**桃花**　（大惊）啥，记者？

王支书　对，县电视台的！

三　赖　**桃花**　电视台的？！

王支书　乡长说，做检讨只是第一步……

桃　花　咋又是第一步？

三　赖　你都好几个第一步了。

王支书　到时候啊，把你俩在县里的电视上一播，如果效果好的话，就上市电视台，如果效果还好的话就上省电视台，如果效果还好的话就上……

桃　花　（沮丧）中央台呗。

三　赖　（哭笑不得）可不能再宣传啦，再宣传，我……我真讨不上媳妇儿啦……

桃　花　到时候谁还敢娶我呢！（对王支书）要没人娶，你娶我呀。

王支书　呀，差辈儿了……

三　赖　**桃花**　再给我们一次机会吧？

王支书　我给你们机会，你们给我啥？

三　赖　**桃花**　你要啥？

王支书　给我把第一名争回来！（二人面面相觑）我问你们，香蕉园扶贫资金是哪里来的？

二　人　是政府扶贫基金给的。

王支书　对，挂职乡长不辞辛劳在全国各地调研，千里迢迢来到咱们这里，出钱出力扶持咱们，为的是啥？为的是全面脱贫攻坚战，为的是每个人都过上好日子。你俩这样下去就有返贫的危险。

三　赖　**桃花**　王支书，我们知道错了！

王支书　知错就好，接下来你们该怎么办？

桃　花　我们这就去香蕉园干活。（指笔记本）那这……（王支书扯下一页撕碎了）挂职乡长那里你可咋交代呢？

王支书　乡长那里我给你们顶着。（下）

三　赖　**桃花**　（感动）王支书，我们一定把第一名争回来！（追下）

　　　　　［剧终。

校园剧

"叛徒"文小亮和他的同学们

葛 豪

时　间：当代

地　点：刘老师办公室

人　物：刘老师：女，28 岁，数学老师

　　　　文小亮：男，11 岁，小学四（2）班学生

　　　　吴梦秋：女，11 岁，小学四（2）班学生

　　　　郑大帅：男，11 岁，小学四（2）班学生

　　　　周思睿：女，11 岁，小学四（2）班学生

[幕启，下课铃声响起，四个孩子忐忑不安地上，来到刘老师办公室门口踌躇不前，相互推让不敢进门，文小亮对着门缝探头探脑，被其他人猛地推进了门，吓了一跳……

文小亮　刘老师好……刘……（发现刘老师不在办公室，对其他三人）你们进来吧，刘老师她人不在。

[其他三人灰溜溜地走进来，四人面面相觑……

吴梦秋　怎么了？这时候一个个都蔫儿了？当初是谁信誓旦旦地说：只要这次数学抽测不超过 80 分，黄老师肯定回来的？

郑、周　文小亮。

文小亮　我……

郑大帅　还有，咱们都说好了的，只要咱们这次数学测验不超过 80 分，黄老师一定会提前出院。是谁考了 82 分？

吴、周　文小亮。

文小亮　我不是一不小心，多写对了一道选择题和一道填空题嘛。

周思睿　一不小心？谁信呐。文小亮，咱们四个里头，其他功课不说，就数学而言，你能比得过谁？吴梦秋，四（2）班学习委员，年度三好学生，黄

老师的得力助手，她会考不过你？郑大帅，四（2）班数学课代表，优秀少先队员，连黄老师都叫他"神算子"，他会考不过你？

郑大帅 （得意地）这倒不是吹，我交卷以前通过精确地运算，应该是 79 分。果然，刘老师一报分数，一分不多一分不少……

周思睿 好了好了，一说你胖你就喘，你还敢跟我嘚瑟？（对文小亮）至于我周思睿的数学实力，就不用多说了吧。

吴、郑 大小考试每次都是满分！

周思睿 所以说，我们三个都没有超过 80 分，而你文小亮考了 82 分，那么你就是——

三人合 叛徒，叛徒，叛徒……

文小亮 好了，我错了还不行吗？现在的关键问题是，我们四个这回考砸了，低于全班平均分，在医院住院的黄老师会知道吗？

三人合 肯定呗！

文小亮 知道了会怎么样？

三人合 着急呗！

文小亮 着急了以后呢？

三人合 回来呗！

文小亮 这不就结了吗。还纠结着一分两分的干吗呀，我们的目的不就是想念黄老师，通过这种方式让她早点回来吗？这也是我们四（2）班全体同学的心愿，只要黄老师一回来，我们就——

三人合 （庆祝）成功了——耶——

〔刘老师上，发现里面闹哄哄的，驻足倾听——

吴梦秋 嘘……别高兴得太早。刘老师那一关怎么过？刘老师是（1）班班主任，自从黄老师住院后，她就承担了两个班的数学课，你们看作业本，（1）班这么厚一摞，（2）班也是这么厚，她都要批改啊。

周思睿 刘老师自己的班级事情就很多，还要在黄老师不在的情况下给我们上课。

郑大帅 昨天我交卷的时候，我像做了贼似的，都不敢看刘老师的眼睛。

文小亮 我是觉得吧，咱们这么做是不是有点对不起刘老师。

周思睿 文小亮，看你这个犹犹豫豫的样子，你是不是又想当——

三人合 叛徒？

文小亮 我……

三人合 嗯？

文小亮 我……

四人合　说！

文小亮　（下决心）我保证不当叛徒，只要能够让黄老师早点回来，我……我豁出去了。

吴梦秋　这还差不多，一会儿刘老师回办公室，一定会问咱们为什么数学没考好。这样，每个人都想一个理由，这叫明修栈道……

四人合　（手放在一起）暗度陈仓！

刘老师　（进门）呦，（2）班的四个数学大神，黄老师的得意门生，数学全校有名，语文也学得不错嘛，你们要修什么道度什么仓啊？（批改作业）说给我听听。

四人合　（惊慌）刘老师……（同时转身，迈步，想开溜）

刘老师　站住，回来。我让你们几个下了课在办公室等我，怎么着急要走了？

四人合　（同时举手）我要上厕所！（发现不对，尴尬）

刘老师　挺整齐的。知道我为什么找你们吗？（四人慌乱对视）这样，我就开门见山吧。（拿出四份考卷分发）周思睿，77分，吴梦秋77分，两千人考一样的分数，挺默契啊。郑大帅，79分，数学课代表，这回发扬风格是吧，要把第一名让给其他同学？文小亮，82分，你这回考得比他们几个好，你这是想篡位吧。说，想当数学课代表还是学习委员啊？趁着黄老师不在，我来调整一下？哎，几位大神别站着啊，解释解释，平时都是接近满分的水平，这回是怎么回事。周思睿，你思想睿智你先说。

周思睿　（结结巴巴）刘老师，是这样的，我……可能对自己的数学成绩太自信了，这段时间把大量的精力都放在其他科目上了，没有好好复习。这回没考好，我下次一定好好准备。（茫然，自己都不相信自己说的）

刘老师　好，我信，这个理由很充分，你先回教室。

周思睿　（意外的）刘老师，再见。（出门走，不放心，又折回来在门边偷听）

刘老师　下一个谁来说说没考好的理由。吴梦秋。

吴梦秋　到，刘老师，作为学习委员，考出这样的成绩我感觉很惭愧，这是我对自己放松的结果，痛定思痛，我一定好好反省，不辜负您对我的期望……

刘老师　好，太好了。自我批评很深刻，理由成立，回教室吧。

吴梦秋　（得意能够过关）刘老师，再见。（出门，关门，发现周思睿）你怎么没走？

周思睿　嘘……我怕你们当叛徒。

刘老师　郑大帅，57乘以57再除以3等于多少？

郑大帅	（脱口而出）1083。（突然意识到什么）
刘老师	不愧是（2）班神算子，这是这次考试的一道计算题，你怎么写成了1088呢？你是怎么算的？
郑大帅	刘老师，我最近又犯了粗心大意的毛病，盲目自信，做完题目没认真检查。
刘老师	知错就改，是个好孩子，回教室吧。
郑大帅	（如释重负）刘老师再见。（快速溜走，关门，发现周、吴二人）
二人合	嘘……（指指屋内，三人屏息偷听）
刘老师	文小亮……
文小亮	刘老师，我理由没想好……
刘老师	什么？
文小亮	我是说我的理由没编好……
刘老师	什么？
文小亮	我是说我编……编……我编不下去了。（懊恼蹲下）
三人合	叛徒。
刘老师	（开门）你们三个，进来吧。（三人惶恐，鱼贯而入）
文小亮	（很意外）你们在门外偷听？
三人合	叛徒。
刘老师	够了。你们三个把刘老师我当成傻子了，以为随便编个理由就可以掩盖故意考砸的真相。孩子们，我知道，你们真实的想法是想念与你们朝夕相处的黄老师。正是因为她的引导，让你们有了探秘数学王国的浓厚兴趣，我们学校乃至全市教育界，只要说到四（2）班的数学，没有不佩服的，这是黄老师20多年的教育成果的集中体现。她也是我最敬重的良师益友。可是，黄老师生病住院了……（陷入沉思）
三人合	刘老师，黄老师病得严重吗？
刘老师	啊？应该没什么大问题。
吴梦秋	刘老师，我错了，我们商量好了，这次故意考砸是想让黄老师早点回来，她离开我们已经12天了，我们太想她了。
郑大帅	我们既想她，又舍不得她。黄老师不但腰不好，心脏还不好，两个礼拜以前讲课讲到都没声音了，可她还是坚持为我们上课。
周思睿	黄老师这次到底是生的什么病？
刘老师	是的，医学术语叫作甲状腺滤泡炎，所以黄老师会说不出话。
文小亮	（突然号啕大哭）哇……
四人合	住口！

刘老师　你哭什么？

文小亮　生这个病会不会死啊……哇……

四人合　乌鸦嘴，别哭了。

刘老师　孩子们，文小亮也是担心黄老师。你们四个这么想念黄老师，都让我嫉妒了，说给我听听，黄老师在你们心目中是一个什么样的老师呢？

吴梦秋　黄老师是个不拖课的老师。

郑大帅　黄老师是个爱讲笑话的老师。

周思睿　黄老师穿的衣服特别好看。

文小亮　黄老师还会玩抖音视频……

刘老师　是吗？在哪里可以看到？

文小亮　您打开我们班的微信群就可以看了。

　　　　[刘老师拿出手机操作，里面传出了《海藻歌》，师生五人被视频逗得哈哈大笑……情不自禁地一起玩了起来，欢快的气氛更加浓烈了……五个人同时陷入了思念……

文小亮　刘老师，黄老师什么时候回来呢？

刘老师　孩子们，医院传来了好消息，说黄老师手术非常成功，相信她再有一段时间就会回到大家的身边和三尺讲台……（手机铃响）喂，黄老师，什么，您明天就出院？不行您手术才第十二天……孩子们？在我身边……好，我按免提，来，孩子们，黄老师要和你们说话……

四人合　黄老师，祝您早日康复！黄老师，祝您早日康复！黄老师，祝您早日康复！

刘老师　早日康复，黄老师，我们都盼您早点回来。

　　　　[剧终。

校园剧

友·爱

葛 豪

时　间：当代
地　点：路边
人　物：甲、乙、丙、丁、戊

　　[五人身着统一样式但颜色不同的 T 恤，分别贴着甲、乙、丙、丁、戊的字样，五人均背一书包。
　　[场景：一个书包至于台中。
　　[幕启：甲乙丙丁戊舞蹈上。

甲　　（发现）哎，一只书包在马路边，不知道是谁的，丢失的人一定很着急。可是我管不了那么多，因为我很忙，我得赶着回家。（定格）

乙　　（发现）一只书包在马路边，不知道是谁的，丢失的人一定很着急。可是我管不了那么多，因为我很忙，我得去补课。（定格）

丙　　（发现）一只书包在马路边，不知道是谁的，丢失的人一定很着急。可是我管不了那么多，因为我很忙，我得去吃饭。（定格）

丁　　（发现）一只书包在马路边，不知道是谁的，丢失的人一定很着急。可是我管不了那么多，因为我很忙，我得……反正不关我的事。（定格）

戊　　（发现）一只书包在马路边，不知道是谁的，丢失的人一定很着急。我……我得在这里等失主。

众　人　傻瓜！

戊　　丢失书包的人该有多着急啊。

甲　　我也想帮忙找失主，可是我有急事儿，我得赶着回家。

乙　　我也想帮忙找失主，可是我有急事儿，我得去补英语。

丙　　我也想帮忙找失主，可是我有急事儿，我实在饿得不行了。

丁　　我也想帮忙找失主，可是我有急事儿，我得去……理由都被他们说掉了。

戊　（仿佛没听见他们说什么）这是一只粉红色的书包，想必它的主人一定是一个可爱的小女生……

甲　住我家楼上的女孩有一只粉红色的书包。

戊　或许她是我的同桌。

乙　我的同桌一天到晚笑嘻嘻的，好可爱的。

戊　或许她是坐第一排、扎着小辫儿的同学。

丙　不会那么巧吧？

戊　抑或是隔壁班那个爱跳舞的女孩儿。

丁　难道是我的舞伴儿？

〔四人上前围住了书包，争夺。

甲　那一回我滑倒了，腿上渗出了血。楼上那位飞奔回家拿来了创可贴，还给我包扎，她书包丢了，让我来还给她……

乙　我同桌可热心了，要不是有她的帮助，我不会获得十佳少年的称号……

丙　你们别说了，这书包应该我还给那个扎小辫儿的小女孩，因为她的辅导我成为我们班的"故事大王"……

丁　（急了）你们都别跟我争，（一口气说完）书包要是不给我，我就损失了一个舞伴儿，损失了一个舞伴儿就参加不了今年的中小学生艺术节，参加不了今年的中小学生艺术节，那我这段时间就——（大哭）白练了……

众　停！（丁猛然停住，想想还要哭）嘘！（丁忍不住）哎！（丁捂住自己的嘴巴）

戊　你们说的是同一个人吗？（众人摇头）如果这只书包的主人不是你们心目中的那个人呢？

〔众人面面相觑，陷入思考。

戊　所以你们去忙你们的吧，还是让我来等待她的出现。

甲　我也想帮忙找失主，可是我有急事儿，我得赶着回家。

乙　我也想帮忙找失主，可是我有急事儿，我得去补英语。

丙　我也想帮忙找失主，可是我有急事儿，我实在饿得不行了。

丁　我也想帮忙找失主，可是我有急事儿，我得去练习艺术节参赛舞蹈了。

〔众人又回到开头的定格状态，音乐起，戊将书包放回原处，静静地走到一边，恬静地看着远方……

甲　我这是怎么了，难道只有为了回报那个创可贴，才值得让我留下来吗？（他走到了戊的身边，戊对他报以微微一笑）

乙　十佳好少年的评选，其中有一条做一个乐于帮助别人的人，我现在觉得有点惭愧了。(也走到了戊的身边，戊也报以微微一笑)

丙　我会把我今天的表现编进我的故事，每天对自己读三遍，每天让自己的脸红三次。(也走到等待的队伍中，众人对他报以微微一笑，他自己也笑了)

丁　虽然可能今天舞蹈训练会迟到，迟到了可能我的舞伴儿会生气，生气了她会提前离开，但如果我告诉她今天的事情，她肯定会回来的。(也走到等待的队伍中，众人对她报以微微一笑，她自己也笑了)

[时间滴答……隐隐响起了雷声……一会儿下起了雨，众人都从自己的书包里拿出了雨伞撑开，同时转身走向台中的书包，都想为这个书包挡雨，几把伞撞到了一起，众人相视笑了，然后按照顺序将伞罩在书包上，远远望去像一道绚丽的彩虹，众人舞蹈，音乐渐强——

[剧终。

校园剧

爱是加法

葛　豪

时　间：当代
地　点：操场
人　物：妞妞：10 岁，小学四年级学生，校足球拉拉队队员
　　　　何苗、谢媛、悠悠、姗姗：妞妞的队友

　　　[场景：一张户外长椅。
　　　[幕启：四个队友持足球在欢快的音乐声中上场，跳起了足球拉拉
　　　操……
何　苗　停一下……
谢　媛　怎么了？
何　苗　妞妞呢，怎么没见她来训练呢？
悠　悠　你说妞妞啊，他们家最近乱成一锅粥了。
姗　姗　妞妞出啥事儿了？
悠　悠　妞妞倒是没出事儿，不过她妈妈刚出院——
众　人　啊，她妈妈生病了？
悠　悠　难道只有生病才会住院吗？
谢　媛　这不是废话吗？没病谁愿意往医院跑啊，只要看见穿白大褂的我就发
　　　　抖……
何　苗　行了谢媛，别扯远了，悠悠你也别卖关子了，到底是怎么回事？妞妞妈
　　　　妈怎么了？
悠　悠　妞妞的妈妈……
众　人　（关心地）说呀——
悠　悠　她妈妈……
众　人　（急了）你到底说不说？

悠　悠　（抖机灵）我要是说了，你们让我站在拉拉操队伍的第一个。

众　人　没问题。

悠　悠　她妈妈……我口渴了。（众人实在受不了悠悠的贱样，纷纷拿出水壶准备往她头上倒）行了，我认输，我说：她妈妈给妞妞生了一个小弟弟。

众　人　（吃惊）真的？

悠　悠　我和他们家住一个单元，我亲眼所见，她爸爸给咱们单元的每户人家都送了喜蛋呢！

　　　　[众人欢呼雀跃，七嘴八舌：这可真是个大喜事，我要祝贺妞妞也有弟弟了……要是我爸爸妈妈给我添个弟弟或者妹妹该有多好啊……要是我有弟弟妹妹我肯定把好吃的全部省给他（她）……

何　苗　各位各位，等妞妞来了我们一定要狠狠地敲她一笔竹杠，让她请客！

　　　　[幕内妞妞：你们在说什么高兴的事儿，告诉我听听呗。（也持足球上）

谢　媛　啧啧……姗姗你瞧瞧人家妞妞，多淡定啊。

妞　妞　什么事儿啊，闹得我们拉拉队何苗队长都这么兴奋，是不是校足要带我们随队出征了？连姗姗同学也那么不淑女了。

姗　姗　妞妞，你别揣着明白装糊涂，说，是不是该请客了。

妞　妞　说说理由。

悠　悠　你爸妈给你生了个小弟弟，难道不该请客吗？

妞　妞　悠悠啊，不管什么事只要让你知道了，那全世界都知道了。是，我爸妈又多了个儿子。

众　人　请客！请客！请客！请客……

妞　妞　行了，我都给你们准备好了，（打开双肩包）谢媛你的。（一包奶粉扔过去）

谢　媛　这个是……奶粉？奥斯吹利亚？澳大利亚进口的，我要带回家给我小妹妹吃。

妞　妞　你的，何苗。（一瓶水递给何苗）

何　苗　哇，依云矿泉水，来自阿尔卑斯山呐。

姗、悠　我们的呢？

妞　妞　有别急啊，姗姗你的。（一包巧克力）

姗　姗　哇，比利时巧克力，我太谢谢你了妞妞……

妞　妞　这个是最珍贵的礼物，我要送给我的好同学、好队友、好邻居——悠悠小姐。（扔过去一个大包）

悠　悠　（感动的）谢谢谢谢谢谢……啊？尿不湿，妞妞你?!

　　　　[众人哈哈大笑……

妞　妞	好了，我们开始训练吧，音乐，起……
何　苗	等等。你们大家看，咱们妞妞把小宝宝的照片贴在足球上，这是一个多么有爱心的好姐姐啊，我想妞妞是想培养小宝宝的足球兴趣，将来成为足球明星，让中国足球冲出亚洲，为国争光呢。
妞　妞	（打哈哈）啊?!是啊是啊，我们训练吧，音乐……
何　苗	等一下，我总觉着不对劲，妞妞，这些东西是……是你弟弟吃的和用的吧?
妞　妞	（独自一人跳着拉拉操）是啊，怎么了? 老师不是教我们的吗? 好东西要大家分享嘛。
谢　媛	那你把这些东西都给了我们，你弟弟吃啥用啥啊?
妞　妞	啊?（含糊其辞）我……我爸妈有的是钱，再买就是了。
姗　姗	不是，这些都是你爸妈买给你弟弟的，我们收下也不合适吧?
妞　妞	什么合适不合适的? 你们吃和他吃不都一样吗?
悠　悠	我明白了，上回你们家吵吵闹闹，然后你哭着跑出家门，然后你爸爸在后面追你，你妈妈挺着个大肚子扶着门框等了你好久，你爸才把你劝回了家，不会是因为……
妞　妞	（停住不跳了，生气）你别说了。是，我有了个弟弟，我很不高兴!
众　人	（愣住了）为什么呀?（妞妞不语）说呀……
妞　妞	你们别问了，问了我也不说。
何　苗	你要是不说，那你给我们的东西我们也不要了。
众　人	对，我们都还给你。（纷纷把东西还给妞妞）
悠　悠	即使你们不还，我这个贵重的尿不湿肯定得还。
妞　妞	（继续分发给众人）拿着吧……（众人都不接）你们? 好吧，我说：得知我即将有个弟弟我就不开心了，我觉得我爸爸妈妈肯定会不喜欢我了。果不其然，自从他出生以后，家里吃的用的全部为他在考虑，爸妈一天到晚全部围着他在转，（哭了）我爸也不接送我上下学了，让我自己走，我觉得我变成一个多余的人了。
何　苗	所以你就把小宝宝的东西从家里拿出来分给我们，以此来报复他，报复你爸妈? 你这么做我们可不欢迎你。
众　人	（七嘴八舌）就是。看到人家有弟弟妹妹我都羡慕得不得了……我天天闹着要爸爸妈妈再生一个呢……要是有了一个小宝宝，让我看着他长大，多开心啊……多一个亲人多幸福啊……
何　苗	还有，你把你弟弟的照片贴在足球上也没安好心，你是不是想用脚踢他?

姐　姐　怎么了？你们管得着吗？

众　人　你这么做太自私了……把球拿过来……把照片揭下来……你怎么忍心这么做呢？（众人抢球）

姐　姐　（气急败坏）你们也欺负我，我退出拉拉队！（大哭）

　　　　〔众人面面相觑，手足无措，何苗安抚众人……

何　苗　姐姐，我们态度不好也不对，我真诚地向你道歉。我觉得你这么做最伤心的是你的爸爸妈妈。

何　苗　姐姐，我是有妹妹的，她出生那天，因为家里要多一个亲人，我既紧张又兴奋。现在，我放学奔回家第一件事就是要见到她，抱住她，亲亲她，你真的忍心让你的亲弟弟没人疼没人管吗？

悠　悠　因为爸爸妈妈的一加一有了我们，就是一加一等于三，现在一加一又等于四了，说明爱不但是加法，而且是乘法，将来等你弟弟长大了，他肯定会把爱再还给你，你这个当姐姐的肯定比谁都幸福，不是吗？姐姐，我们真的羡慕你啊。

　　　　〔何苗的话渐渐感染了姐姐，也感染了众人……这时候，姐姐的儿童腕表响了……

姐　姐　妈妈……

妈　妈　（画外音）姐姐，自从弟弟出生后你不高兴我们都感觉到了，你觉得爸妈原本对你的爱被分享了。弟弟现在很小，需要更多的呵护和照料，爸妈更需要你的理解和帮助，你今天没吃早餐就出门了，妈妈把早餐放在你书包里了，记着吃，啊！

姐　姐　（哭了）妈，我错了。同学们也都批评了我，因为我对爱的自私。今天我知道了，爱是应该分享的，爱应该用来感染身边所有的人，更何况是自己的亲人。（从足球上把宝宝照片揭下来贴在胸前）亲爱的弟弟，从今天起，姐姐带着你，带着你感受美好和温暖的世界。音乐——

　　　　〔众人一起跳起了欢快的拉拉操。

　　　　〔剧终。